王晓武律师诗文集

王晓武◎著

燕山大学出版社
·秦皇岛·

图书在版编目（CIP）数据

红尘冰心：王晓武律师诗文集 / 王晓武著. —秦皇岛：燕山大学出版社，2020.12（2026.1重印）
ISBN978-7-81142-974-9

Ⅰ. ①红… Ⅱ. ①王… Ⅲ. ①诗集－中国－当代 ②散文集－中国－当代 Ⅳ. ①I217.2

中国版本图书馆CIP数据核字（2020）第006347号

红尘冰心——王晓武律师诗文集

王晓武 著

出 版 人：陈 玉
责任编辑：张岳洪
封面设计：鑫聚仁工作室
出版发行：燕山大学出版社 YANSHAN UNIVERSITY PRESS
地 址：河北省秦皇岛市河北大街西段438号
邮政编码：066004
电 话：0335-8387555
印 刷：廊坊市印艺阁数字科技有限公司
经 销：全国新华书店

开 本：700mm×1000mm 1/32 印 张：6.375 字 数：250千字
版 次：2020年12月第1版 印 次：2026年1月第2次印刷
书 号：ISBN978-7-81142-974-9
定 价：48.00元

大道至簡

（序一）

王晓武律师准备出版自己的诗文集，请我作序，我欣然应允。

王晓武律师写诗在淄博律师界广为人知，称之为淄博律师界的第一诗人应不为过，和王晓武律师接触不多，但对其了解颇深，因为他是一个很透明的人，三两次交谈，他的真诚就可以给你留下深刻的印象。在纷繁复杂的社会事务和人际交往中，简朴、简单、简约，这些词都可以用在王晓武身上，文如其人，读者可以从他的文章中体会到他的一片赤子之心。

王晓武律师的处世为人在行业内有口皆碑，很多人对他赞赏有加，经常和我谈及他，公认他为淄博律师界一个非常优秀的人才。王晓武律师不是一个高调的人，也不是一个很喜欢高人一等的人，无论是作为一名执业律师，还是在淄博市律师协会监事会担任监事一职，都踏实务实，恪尽职守，因其诚信、严谨、敬业的精神和扎实的专业功底，获得了第三届淄博市“十佳律师”的称号。

大地人律师事务所合伙人会议主席崔冠军律师称王晓武是一个有情怀的人，这一评价应该很中肯。在淄博市律师协会的多次会议上，王晓武律师都慷慨陈词，呼吁律师事务所法律定位不应该是商事主体，不能只注重经济效益，应致力于法治社会的建设，更多地承担社会责任；呼吁律师协会应更多地关注年轻律师，注重行业的健康发展。其本人也是一直努力践行这一理念，在社会活动和执业过程中，时时传播正能量，处处树立正形象，体现了他深植于内心的知识分子的济世情怀和“位卑未敢忘忧国”的信念。

王晓武律师拟出版的诗文集，主要是其从事律师工作以来的文字记录：有其初做律师时的困惑、无助，有其逐渐走向成熟的思考、忧虑，还有许多游历山水的随心之笔和感情抒发……这些文字真实地记录了王晓武作为执业律师的生活点滴和初做实习律师到资深律师的心路历程，是淄博市一千二百余名执业律师的生活缩影和写照，既可以作为律师同行的借鉴，更可以作为外界了解律师的一个窗口，是一部积极向上的诗文集。

我很高兴为其作序，向广大读者推荐。

2018年仲夏

（关玛琍：淄博市律师协会会长、原淄博市人民政府副市长）

（序二）

晓武兄近日忽然郑重其事联系我，嘱我为他即将付梓的诗文集作序，闻言不由一喜一忧。喜是因为晓武兄乃风雅之士，虽法务繁忙但仍笔耕不辍，此次能蔚然成集，于晓武兄自是平生一快，于我等后辈亦是一个学习和自我激励的契机。忧是一则关会长珠玉在前，何需我来狗尾续貂；二则我虽也爱诗却不得其法，偶然作文也如挤牙膏般费劲，实在是头痛。但既蒙晓武兄青眼，赧而却之不如知难而上，既能借晓武兄诗文露一小脸，又能借机与晓武兄切磋一番，何乐不为也。

诗者，性情也，是感性思维的凝练和升华；文者，载道也，是对主观客观两个世界所感所受的记录与总结。在拜读晓武兄诗文集的过程中，我时时有“于我心有戚戚焉”的感觉。晓武兄祖籍山东，少年成长于关外，后负笈津门，毕业分配又回到山东并安家立业，一轮明月，两地为家，这一份浓浓的乡愁晓武兄是绕不开的，所以诗中文中既有不同时期望月时清淡缥缈的惆怅，又有年关将近时不可遏制的回东北老家的渴望，还有阔别已久的相聚和依依不舍的离别，现在晓武兄的千金又求学海外，之后的岁月恐怕又是聚少离多了。我也曾有异地求学的经历，回想起来，仍然能瞬间找回那个在宿舍窗前痴望黢黢夜色和朗朗月光的我，此情此景想必是要贯穿晓武兄的一生了。乡愁，不是狭义的思乡之愁，而是非常复杂的情感的叠加交融。我们每个人都至少有两个故乡，精神的和地理的，地理的故乡是开始，随着时间的流逝，地理上的故乡的所有一切逐渐走入过去，走入我们的回忆，走入我们的精神故乡，越久远越让我们怀念。在对故乡的爱与眷恋里，晓武兄的表达由最初的借物咏怀的雅到2015年的那首《故乡三十载》里最后近乎儿童恶作剧般的那一句，直白、粗鲁却又震撼，更是让我不能自已。这也真算是晓武兄的真性情了。

晓武兄的这部诗文集，时间跨度正好是三十个年头，里面的诗作文章也是按照时间排序，但从内容上来看却丰富多了，既有少年维特之烦恼般的抒情小诗，又有对自己律师生涯的回顾与感悟（这部分可以作为多年以后后人研究淄博法律进程的部分史料，哈哈），还有相当一部分是晓武兄游山玩水的随手偶题，但这些行文却都如晓武兄给我的人格印象一样，真实，不做作。与其说是诗文集，我更愿意把这本书看作是晓武兄的回忆录，是晓武兄给自己的过去和将来的礼物。在这个世界上，能直面自己过去的人不多，能记录下来并公诸于世人的更少，晓武兄是幸运的，更是勇敢的，但我相信，晓武兄更是无愧的。晓武兄在集中记录那些具体的律师业务的文章中时时流露出的悲天悯人，使我深刻地认识到，于心无愧才是晓武兄对自己执业的最终标准，敬并服之！

序写到这里按理说该结束了，因为我的读后感搜肠刮肚目前就这些了，惭愧惭愧。但我认为或许以后还有机会为晓武兄写点什么，因为晓武兄最后一部分的律诗似有脱胎换骨之感，而且集中最后一首诗的最后两句晓武兄也说了："经岁旦复旦，老来不辍耕。"晓武兄，不要食言哦。

王玲

2018年仲夏

（王玲：山东理工大学法学院常务副院长、法学教授、博士）

我的三十三年

（代自序）

一、无忧年代

我祖籍山东平度，父母均是20世纪50年代由山东招工到的东北，国家称之为“支边青年”，实则到东北林区就业谋生。我就生长在吉林省延边朝鲜族自治州长白山脉腹地的一座小城市——敦化市，城市不大，四周群山环绕，牡丹江水静静从市中心流过。父母所在的企业——敦化林业局，拥有三四万职工，我就在这个企业的子弟学校读完了小学、初中、高中。

童年、少年，无忧的年代，总是留给人太多太多的记忆。那时的我总是和小伙伴们一起上山捉蛇、下河捞鱼，野在郊外，父母上班无暇顾及，况且那时的孩子都是这样“散养”着。唯一的痛苦记忆，就是常常因为逃学、旷课、惹是生非被脾气不好的父亲棒打一顿。虽说我不是那种所谓规规矩矩的孩子，但从小学到高中我一直学习很好，教过我的老师都对我喜爱有加，特别是我的高中班主任，他的观点是：“淘小子出好汉。”还清楚地记得，他冬天带着我们去滑冰，夏天领着我们去游泳，在紧张的学习之余，还组织同学们到森林里去野营。就这样，东北的大自然给予了我宽阔的胸怀和直率的性格。

1985年，我高中毕业，在全校近九百名学生中，我以第一名的成绩考取了天津大学，没有辜负父母的企盼、老师的希望，同时也圆了自己孩提时代的梦。

二、大学四载

18岁，已是完全民事（刑事）责任年龄，第一次远离父母、家乡，到天津求学。尽管所学的专业——电化学生产工艺并非自己报考的计算机和自动化，但考工科校院、毕业去工厂、为社会直接创造财富、实现工业现代化，那时就是我的远大志向，所以我也是既学之则专之。大学四载，作为一名学子，寒窗苦读是自不必说，遗憾的是学习成绩并无夸口之处，值得一提的有两点：一是在1987年全国第一次大学英语统考中取得了四级证书，这在当时是很难得的，全国大学生的通过率大概为十分之一；二是大学四年从没有补考过，就我们学校而言，应该有二分之一的学生都有过补考的经历。无论如何，毕业时获取了毕业证，同时被授予工学学士学位，也算学有所成。

大学生活，除了学习，还激发人的各种才能、培养人适应社会的能力。天津大学各种团体、协会多如牛毛，盖因当时没有严格的法规规范之。成立组织甚是简单，三五个人，一时兴起，打个招牌，便有人汇聚旗下，切磋武艺、较量牌技、研讨文学、砥砺绘画……我在投身于丰富的校园文化生活同时，也步入了校方正统的学生自治组织——应用化学系学生会，并在大学二年级被推选为系副主席，在大学三年级升任主席。在系学生会期间，我更加刻苦学习、努力工作，严于律己、宽以待人，为系党政工团摇旗呐喊，为同学们热心服务，赢得了老师们的推崇和同学们的信任，连续被评为系、校优秀学生干部，并于1988年加入了中国共产党。

大学生活，开阔了我的眼界，丰富了我的知识，塑造了我坚韧不拔、奋发向上的品质。

1989年大学毕业，学校举行供需见面会，毕业实行双向选择，我第一为服从父母给我下的硬指标——毕业回山东，第二在当时淄博石油化工厂2.5万吨／年丙烯腈项目总指挥的感召下，毅然决然地放弃了去南方特区、去大城市发展的机会，来到了淄博，参加国家“八五”重点工程建设。

三、工厂十年

来到工厂，专业对口，能将自己在大学所学应用于实践是幸福的。我先是在车间倒班实习，与工人师傅们一起摸爬滚打，后调到厂技术科，分管几个车间的技术工作。我做技术工作兢兢业业、一丝不苟，既虚心向老师傅们请教，又注重与其他技术人员交流，靠严谨的态度、科学的精神，很快获得了厂领导和工人们的认可。其间，自己主持的技术改造项目获得了省科委科技进步二等奖和化学工业部科技进步二等奖，并在1998年被授予工程师资格。

1994年，厂里来了个新厂长，工作锐意进取，大刀阔斧，打破了石油化工厂多年的条条框框，废除了论资排辈的陋俗，大胆起用年轻干部，我做"官"的历程也算是步入了快车道，先被任命为厂技术开发公司经理，刚满一年便调往一主要车间当主任兼党支部书记，不到两年又迁至厂生产处任处长。在这期间，平心而论，我可以称得上为石油化工厂尽职尽责了。特别在任车间主任时，说主任是好听，其实"工头"也，整天靠在生产第一线。化工生产的特点是高温、高压、易燃、易爆、有毒、有害，出了事故，领导不带头冲锋陷阵，工人无人伸手，回想起来，有几次抢险真的是置生死于度外。到了生产处，也全然不像其他处长们西装革履，手握权柄，还是干活的命，无论是假日携妻购物于商场，还是半夜成仙遨游入梦乡，生产出事故，调度一个电话打来，我必须进厂组织人抢修。耽误生产，我的干系重大，然其他部门都未必着急，各方扯皮，生产处就得发令，指手画脚，让人生厌，无奈工作职责使然。指挥生产是我的权力，有权的人大多滥用权力这是常理，我也难免有得意忘形、言语伤人之时，虽出公心，有几人谅解？俱往矣，抚今思昔，我无怨无悔。

四、人生转折

1997年11月，淄博石油化工厂与淄博"大化纤"一起被齐鲁石化兼并，更名为齐鲁石化丙烯腈厂，这在淄博市乃至全国都是国企改革浓重的一笔，当时的兼并案，惊动了姜春云、吴邦国副总理，由朱镕基总理亲自批示。这一动作对举步维艰的"大化纤"是救命之恩，对淄博石油化工厂来说远景如何，不可妄加评论，但我做梦也不会想到的是，这一举措却实实在在地改变了我的后半生。

1998年4月，齐鲁石化派来了大队人马，对原石油化工厂干部动了大手术，我至今仍不知为什么，也从未想去弄明白为什么，一次算得上是比较慎重的谈话，我的十年奋斗一笔勾销，又回到了起点，被发配至自己曾担任主任的车间做技术员。在这人生转折时刻，我曾想踏踏实实做一名好工程师，也曾想一切从头再来。但现在看来，原以为大企业兼并会给我们厂带来一些先进技术，先进的管理思想，会给企业的发展带来新的契机，但到今天为止兼并已二年有余，给厂里带来的只能说是目前还算是稳定的收入，前途仍渺茫。我很失望，不仅是对自己的前途，更多的是对国有企业。虽然我坚信国企会变好，但我不想成为旧体制的殉葬品，再下去十年、二十年，廉颇老矣，尚能饭否？

五、学法之路

我第一次参加法律自学考试是1997年上半年，那时的想法一是充实自己，二是为做一个好企业家打基础，学得比较感兴趣，也比较投入，几乎业余时间都用在了学习上，但当时并未想从事法律工作，只是觉得做任何事都应该懂法。1998年从企业中层干部的位置上走下来，冥冥之中未曾想自己还留了一手，也许律师这条路将是自己后半生的选择，于是愈发努力地学习。三年的自考生涯，不仅充实了自己，更重要的是通过自考使自己不断获得自信，更保持着那份不曾动摇的奋发向上的精神。三年时间我已经考过了本科的12门课程和加考的5门专科课程，剩余的一门课程及毕业论文此次已报名，不出意外，2000年将获取法律专业本科文凭。

1998年被免职后，本就想考律师，但这一人生转折给自己的信念造成了一些动摇，自己需要一段时间来好好反省自己、好好思考一些问题、好好调整自己的心理，但并没有放松法律的学习。1999年我下决心要报考律师，要给新世纪一个交代。应该说我是一个比较喜欢学习的人，大学毕业十年未放弃英语的学习即为证。为了律考的一次性成功，我抵住了明媚春光的诱惑，经受了难耐酷暑的侵袭，功夫不负苦心人，我取得了270分的成绩，在淄博市当年的考生中应该是前五名。

六、未来展望

虽然我天生就有着不服输的性格，但我无意于出人头地，也无意于升官发财。我只是想做一些事情，我只想有一个无悔的人生，我不能清闲自在，我不能碌碌无为，我只想选择一条路，无怨无悔地走下去，实现自己的价值，不负那些对我寄予厚望的人们，同时回报社会。

注一：1999年年底，通过电话查分，获知自己通过了律师资格考试，到大地律师事务所（那时还没有更名为大地人）应聘，面见崔冠军主任。崔主任说，大地律师事务所要求很严格，不是什么人都要。印象中我脸一沉，心想：不要拉倒！但崔主任又话锋一转道，如果你是人才，不来我们还要动员你来。这话我爱听。崔主任要求写份简历，我问简单点还是详细点，崔说：详细点，我们看看你的文笔。回家奋笔疾书，当时用电脑写东西不会思考，手写八页草稿一篇，又工工整整抄写一遍，此人生简历成就时已近黎明，第二天交到所里。淄博市人大退休副主任于润义当时在所里担任顾问，他也出生在吉林省敦化市，看了简历后对我偏爱有加，在大地律师事务所共事的几年里对我的谆谆教导，令我受益匪浅。王毅律师对此简历也是印象颇深，称道多年，交到所里的原稿已不知所终，草稿一直保存在我抽屉的底端，寻找出来由跟我实习的王淳律师打印成电子文本，我稍作整理作为纪念。

注二：文章写于1999年年底，应该打印于2012年，当时做了一个注。这次诗文集准备出版，能够收集到的都是做律师以后的文字，为了证明自己历史清楚，把这篇文章找出来作为自序，以便读者朋友知道我是怎么来的，至于怎么没的，人生大致都差不多。

目录

辑一

残存的青春

辑二

曾经大地人

辑三

律途忧与思

辑四

放歌山水间

辑五

拙笔写我心

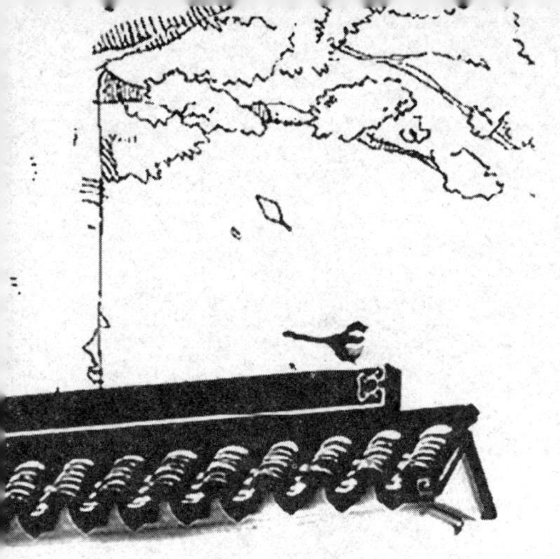

辑一 残存的青春

分别在雨季

天空忧郁
这是多雨季节
我们分别

微风吹拂
柳丝摇曳
沉默一小街

执手相视
情语稀疏
盈盈泪眼初歇

叹分别时长
相聚日短
几多花开花谢

年年分别
今又分别
柔情空切切

蓬山此去
唯盼佳帖
休道巴山雨夜

1989年8月3日

心心相融

我们携手走过这小溪
波光粼粼，水流淙淙
心心即相融

我们相挽走过这小径
芳草萋萋，柳荫浓浓
心心亦相融

我们相伴走过这人生
路途遥遥，岁月匆匆
心心总相融

闲来翻看影集，一枚充满诗意的小照，令我心甚慰，因之而作。

1989年8月8日

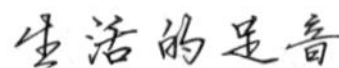

我不指望生活对我格外恩宠
我只要她对我不要不公

当我洒下汗水，播下种
我想我应该有个好的收成

我不指望前方的路口都是绿灯
我知道街道不能永远畅通

当我打点行装，踏上征程
就不畏跋山涉水，露宿餐风

也许前方大漠无垠，鸟兽无踪
也许前方溪水萦回，草木葱茏

当我回首身后那隐隐的足迹
我坚信这每一步都在迈向成功

1989年8月29日

苦涩的回味

也许你不知道
静静的夜里
我常常悄悄地独自落泪

也许你不知道
苦苦的相思
我的身心久已满怀疲惫

也许你不知道
苦涩的泪水
是我对生活深深地体味

也许我们都不知道
生活对我们
原本就是一杯苦苦的咖啡

1989年9月1日

茫 然

有时我驾起小船
却不知在哪里停泊

有时我拿出日记本
却不知该写些什么

远处的玫瑰正艳
我不知如何到达那山坡

村落的鸡鸣依稀
我却迷失在纵横的阡陌

深知长城迟早会到达
但路的漫长使我感到蹉跎

冬天过后定是春天
希望在前也难免时有落魄

1989年8月31日

雨巷的梦

我常常想
有一天，我也走入
戴望舒的雨巷

遇到那位
紫丁香一样
结着愁怨的姑娘

我轻轻驻足
在她的面前
默默为她分担忧伤

细雨沥沥
伴她走过
那悠长悠长的雨巷

1989年9月14日

中秋夜
中秋月
中秋数点星

风已静
夜已静
人去楼也静

听夜虫
倚窗棂
难耐游子情

昨伶仃
今伶仃
五载如浮萍

千重山
万重水
遥念故园景

心难平
梦难成
孤灯到天明

1989年9月5日

我还会这样生活

如果一切重新开始
如果我能选择
我还会这样生活

不懊悔那桩桩憾事
不计较那种种失落

因为我知道
总会有那么多日子
要在无聊中度过

总会有那么多长夜
充满无边的寂寞

失意总要付诸溪水
幽怨总要交给落叶
孤独的心不能承受太多

只需携一缕朝阳
到很远的远方去开拓

1989年9月25日

后记：妻子过年拾掇屋子，翻出一个年代久远的日记本，记录着我年轻时写的几首诗，抄录在博客里，留给未来的自己。

2013年2月4日

敢担当的大地人

近读一则幽默：18岁生日，爸爸一脸严肃地看着我，对我说，你已经18岁了。我很感动，以为爸爸要说什么“长大成人了啊”“男子汉啊”什么的，结果他继续很严肃地说，可以被判死刑了。话听起来虽然让人懊丧，但法理却深蕴其中。在我国，心智健全的自然人年满18周岁，不仅具有完全民事行为能力，也具有了完全刑事责任能力，一个18周岁的成年人，不能再找任何借口推卸自己的责任，任何法律规定的义务，18周岁的成年人都要践行，任何法律规定的责任，18周岁的成年人都应该勇于承担。

大地人律师事务所成立至今已经历了18个寒来暑往，在本刊面世时或许就19周年了，在为本刊的刊首语抓耳挠腮时，这则幽默让我联想起几年前写的一篇文章《勇者敢当》，以下是片段：“韩国前总统卢武铉跳崖自杀，韩国震惊，世界动容。先前已知卢武铉涉嫌贪污官司，在接受调查，但闻听这消息，我心为之颤、为之敬，首先想到鲁迅的话‘自杀其实是不很容易，……倘有谁以为容易么，那么，你倒试试看！’以我国人的思维，你可以说卢是畏罪自杀，也可以说是以死谢罪。不过，我更愿意说这是勇者的行为！由此我想起不久前法院一资深刑事法官和我聊天，谈起时下经济犯罪案件的审理，该法官无奈透着不屑：某些高唱廉政为民的官员，贪污受贿肆无忌惮，可能百万千万地贪，犯了案，让他承认个十万八万都难，供词反复，抵赖狡辩，贪生怕死，唯恐牢狱，还不如那些杀人越货的罪犯，既然做了，法庭上就如实供述，不避刑罚。”

懦弱之人，布衣皆鄙视，铿锵勇者，英雄亦敬仰。不记得哪位哲人说过：世界是勇敢者在前面走，芸芸众生在后面跟随。不怕死，肯定是勇敢者，但在我的心中，敢于担当的人就是勇者。谢霆锋在《黄种人》中唱道：“一身坦荡荡，黄天在上，看我如何做好汉！”传统道德的沦丧，精神的缺失，是目前社会的通病，在当下，勇者就是能够摒弃私利，就是对社会责任的承担，就如王石向全国人民的宣告：我不行贿！十八载，大地人律师事务所一步一个脚印地走过来，成长壮大为近80名执业律师的律所，执淄博律师界牛耳，迄今为止仍为淄博市唯一一家全国优秀律师事务所，探究原委，无他，因为我们有信念、敢担当。

2011年11月2日

铁肩担道义　赤胆谱华章

——记大地人律师事务所共产党员陈健律师

在山东大地人律师事务所律师队伍中，有一位律师比较惹人注目，他年逾不惑，中等身材，长得粗粗壮壮，黑红的脸膛，青青的络腮胡茬，面目凝重、但透着和善，论这长相，若在早年间，蓄起短短的络腮胡须、戴上顶牛仔帽、骑上高头大马，注定出落成一个笑傲江湖、劫富济贫的绿林好汉。现如今已不兴侠客，只好每天脸刮得干干净净，背头梳得一丝不苟，西装笔挺，谈吐优雅，改换门庭做了一个仗义执言的律师。与陈健律师交谈，你无时无刻都能感受到他秉性的正直、为人的宽容、处世的周全，以及他对弱者的同情、对法律的忠诚、对事业执着的追求。现在，让我们一起走近陈健，来了解他、熟悉他。

一、宁静致远　张扬人格魅力

谈起人生，陈健就一句话："积极进取，顺其自然。"他信奉大丈夫生在天地间，要有事业、有目标，并且不懈地为着这个目标去努力，一生都要积极进取；同时他觉得每个人的目标不能太高，对任何事不要苛求，虽然人人都梦想做名人、做伟人、做超人，但毕竟人的能力、阅历差别很大，人生的机遇、变数也大都难料，所以还要顺其自然。人的价值就在为着选定的目标毕其一生之精力孜孜不倦地追求中，至于结果如何，不能以成败论英雄。

陈健17岁中学毕业由农村招工到齐鲁石化第二化肥厂，开始分配在包装车间，从事重体力劳动，由于干活从不惜力气，车间领导很快注意到了这棵好苗子，推荐他做了车间的团支部书记，这一年陈健20岁。做青年团的工作，释放了陈健的热情，他如鱼得水，团结着周围的年轻人、张扬着年轻的活力，各项工作都做得有声有色、红红火火，所在团支部第二年就被山东省团委评为省级优秀团支部，陈健也被推荐到齐鲁石化党校干部中专班学习。两年的党校学习，使陈健在同龄人中脱颖而出，党校毕业不久，陈健被调到齐鲁石化团委做办公室主任，随着更多的学习和思考，很多社会问题进入他的头脑，与他身边的许多热血青年一样也滋生出些许"齐家、治国、平天下"的政治情怀，不免也"指点江山，激扬文字，粪土当年万户侯"。年轻人的成长，注定要付出代价。1989年陈健在北京一所大学研修法律，授课的一名教授发起民间向日本索赔战争造成损失的活动，陈健回齐鲁石化带头搞了个万人签名声援活动，由于当时政府没有明确支持这种行为，陈健这样擅自地举动影响了他的政治前途。失之东隅，收之桑榆，此事倒促成了陈健辞职做律师的决心。

人到中年的陈健，已经是宠辱不惊了，大起大落的人生际遇，曾经沧海的博大胸怀，使他宽容、豁达，能平和地与任何人交往，谈不上刻意地追求，但着实张扬着“淡泊明志，宁静致远”的人格魅力。

二、顾全大局　展现党员风范

陈健是在齐鲁石化党校学习期间加入的中国共产党，他说自己生就乐于助人，遇事能有大局观，善于团结周围的人群。陈健在大地人律师事务所执业律师中年纪最大，在党员律师中党龄最长，在这个大家庭中，他像一个长子一样，以身作则，顾全大局，在化解律师间矛盾、稳定军心中起重要的作用。

大地人律师事务所最早是由四名律师于1993年年底发起设立的合作制律师事务所，到了1997年改制为股份合作制，2003年，取消股份制。每一次改制，都涉及个人利益的再分配，每一次改制也都在执业律师间产生很多矛盾，发起人、老合作人有时不免居功自傲，聘用律师、新入所的律师则时常牢骚满腹，双方、甚至多方对垒，开会议事不欢而散的事常有。每遇这种情况，陈健都看在眼里，急在心头，他也总是宁可少接几个案子，腾出时间找所主任谈心，找其他发起人、合作人交流，找聘用律师沟通。陈健1999年被选为所管理委员会成员，2001年，大地人律师事务所被评为省级文明律师事务所，面临这一契机，努力开拓新的业务领域、占领更大的市场份额成为所里的共识。为了增强律师事务所的活力，为了让年轻律师参与事务所的管理和决策，陈健以身作则，主动退出管委会，推荐了年轻有为的吴楚枭律师。这一年，所里的经济效益和社会效益都有了长足的进步，并吸纳了一批跃跃欲试，血气方刚的后备军，如今大地人律师事务所已经拥有了37名执业律师。在2003年取消股份制的改制中，陈健虽然退出了管委会，仍责无旁贷以老大哥的身份找每个发起人推心置腹地交换意见，不计得失地游说各合作人之间，在事务所设立十周年之际，又一次成功改制，为事务所的腾飞搭起了更高的平台。在当今律师事务所急剧分化的形式下，大地人律师事务所能聚集浓浓的人气，与陈健作为一个党员体现的高风亮节的示范作用是密不可分的。

陈健常说：“几个人做的事，只能叫作事情，一群人做的事才能叫事业。”为了共同的事业追求，一群人必须求同存异，也必须有些人作出牺牲，陈健总是率先垂范，先人后己、先公后私，甘愿自己少索取、多付出，这种素质，是陈健作为一个老党员优秀品质的结晶。

三、扶弱济困　尽显律师本色

提及做律师，陈健在一次庭审结束后，面对电视台记者的采访说的是：“打官司没有回头客，件件都要认真做。”作为大地人律师事务所综合业务部的部长，陈健接触最多的是一些民事纠纷，由于对婚姻法有独到的研究，虽已是一名执业近十年的老律师，每年还代理很多年轻律师都不愿意接的离婚案件。对于律师代理诉讼，陈健始终认为老百姓不容易，打官司一辈子能有几次，不管熟悉也好、不熟悉也好，找到律师代理就是对律师的信任，律师不能自视清高，也不要把自己看得多高贵，要实实在在扑下身子为老百姓忙活。

陈健说他代理过近百件离婚案子，每接一个案子之前，都真心实意地劝说当事人，当事人执意委托的，在开庭前，陈健还要找对方当事人进行沟通，尽量缓解矛盾。根据陈健的经验，离婚案件表面争执的是离或不离，以及孩子、房子等问题，更深的是夫妻双方多年由相爱到冷漠甚至仇恨，这种感情失衡引发的心理不平衡，离婚案件常常是一方或者双方在寻求一种心理平衡。所以他便不遗余力地斡旋婚变双方，耐心倾听各自对不幸婚姻的倾诉，从中洞察双方争执的真正焦点，然后有的放矢地做双方的工作，几个回合下来，不仅对双方的观点了然于胸，也增强了委托人的信任，还赢得了对方当事人的理解。最后，到了法庭上，就能够游刃有余地配合法官妥善地处理每一个纠纷，避免矛盾的激化。代理离婚案件，陈健追求的不仅仅是委托人期望的结果，更多的是尽量促使双方好合好散，化干戈为玉帛，还各自生活一份安宁。

随便说件小事，让我们更深地了解陈健对弱者的同情和办案的认真。1999年秋的一天，临淄胜利法庭庭长找到陈健求助，原来是一个东北老太太到家住辛店的女儿家索要赡养费，发生争执，被赶出了家门。老太太身无分文，无奈就到了法庭，死活要求法庭马上处理，否则便在法庭住下。法庭庭长与陈健相熟，便请求他为老太太提供法律援助。陈健赶到法庭，耐心解释，好言相劝，最后用自行车将老太太带到齐鲁石化第一化肥厂招待所安顿下。第二天一早，陈健放下手头所有的事情，替她写好起诉状，代她到法院立上案。因法院开庭审理还要等上一段时间，陈健为她申请了先予执行，并积极联系法院，第三天就给她执行了一部分钱，然后把她送到了潍坊另一女儿家。以后的开庭审理及执行，完全由陈健大包大揽，整个案子，历时半年，陈健不仅没收一分钱的代理费，连老太太在招待所三天的住宿费和饭费还是陈健给结的账。

陈健总是这样急当事人所急，想当事人所想，不因利小而疏忽，不因无利而不为，尽心尽力，一丝不苟，以他自己的话说就是“举轻若重”，难怪很多到司法局申请法律援助的当事人指名要求陈健代理。

四、无私无畏　捍卫法律尊严

凡对簿公堂之事，大都是矛盾不可化解的产物，做一名律师，基本职责就是依法维护委托人的利益。但凡有利益冲突的地方，就必然有各种势力插手其中，律师也就不免时常游走于利益冲突的刀锋之上，因为律师的仗义执言，常常惹恼某些企图瞒天过海借法律之手达到非法目的以及某些玩弄法律于股掌之间的各种势力，面对并非危言耸听的刀光剑影，着实对律师是一个考验和挑战。作为一名执业近十年的律师，陈健办案遇到各种势力的干预不胜枚举，《大地人律师》第三期刊登的他撰写的《代理被告》就很典型：

1999年春节过后，C区人民法院给B公司送达了传票和D银行的一份起诉状。诉状称：1997年E贸易公司在银行借款200万元，由B公司提供担保，E贸易公司未还到期借款，按照借款担保合同约定，B公司应当承担200万元借款本金及70万元利息的担保责任。

陈健律师接手这个案子首先向C区人民法院提出级别管辖异议，因为根据省高院的规定，270万元标的额的案件一审应由中级人民法院管辖，如果C区人民法院违规管辖此案就等于剥夺了B公司向省高院上诉的权利。对于管辖权异议，C区法院很快予以驳回，理由是上级法院指定管辖。270万元的借款担保案件且案情复杂，A市中级人民法院为何指定下级法院管辖？陈健立即走访了A市中院立案庭，立案庭法官称不知此事，陈健更感蹊跷。尽管事出有因，但时间紧迫，容不得陈健考虑更多，为争取主动，唯有建议B公司对该裁定提起上诉。对于陈健的举动，C区法院有法官认为是与法院过不去，也有法官“好言相劝”：不要太认真。这期间，陈健收到了多方传来的信息和警告，有人要求与其“坐坐”，有人放言与其“谈谈”，面对各种压力，陈健的家人、还有一些同事也劝陈健放弃代理，但为了委托人的利益、为了捍卫法律的尊严，陈健义无反顾无数次往返于市、区两级法院据理力争，为此事还将电话打到A市中级人民法院院长家里。一个非常明确的管辖权问题，耗时半年，A市中级人民法院作出了裁定，明确本案由中级人民法院管辖。2001年11月，案件终于在A市中级人民法院开庭审理，对于原告提交的借款合同，陈健发现借款担保合同期限一栏有刀刮涂改的痕迹，里面的数字“8”疑似是数字“3”涂改而成，如果是数字“3”，这个案件就已经过了诉讼时效。于是陈健向法庭提出笔迹鉴定申请，经国家公安部物证检验，证实了他的判断。

对于这个案件，知情者都认为是一起借贷双方串通欺诈B公司担保，妄图利用B公司承担担保责任，归还被违规挪用公款的案件。由于其中涉及众多利害关系人，对案件的审理设置了重重的阻力，很多人包括律师都唯恐避之而不及，偏偏陈健“不知死活”，非要蹚这潭浑水。这一案件目前已上诉到了省高院，四年多了还没有审结，经历的磨难和压力可想而知。

陈健也曾撰文感慨司法的现状：法治与人治并存，关系和法律双打。但陈健从不悲观，他坚信邪不压正。法律是神圣的，它需要很多像陈健一样舍生取义的法律工作者来捍卫它的尊严。

五、结语

每次与陈健律师交谈，心里总有一些触动：时下的律师大都急功近利，人心浮躁，难得陈健十几年来淡泊明志、宁静致远。同时对做律师也生出许多感悟：办理几个有影响的大案、挣几个大钱，置靓车豪宅、风光人前，这样的律师难为律师界的楷模；像陈健这样，重诺守信，为维护法律的尊严奔走疾呼，为律师业的发展殚精竭虑，才是律师界乃至司法界真正的脊梁。只有这样的律师，才能撑起民众对律师的信任，才能撑起律师业灿烂的明天。

2003年9月4日

十年磨一剑 信步淄博律坛

——记大地人律师事务所任颂远律师

我到大地人律师事务所实习时，师从任颂远律师。缘于彼此都是学理工出身，都辞职于大型国企，初识任颂远律师，经历的相同便拉近了感情上的距离，但我做律师时，任颂远已执业四五年了。虽然我在场合上以老师相称，由于我稍年长，大学毕业早他一年，也就随着其他老律师一同喊他“小任”。

在一般人的印象中，律师应该是唇枪舌剑、个性张扬的群体，特别是那些成功律师，更应该属于激情四射、锋芒毕露的物类。做律师时我虽已年过而立，但初涉律坛，仍不免豪情万丈。任颂远却为人低调，不显山露水，一介净面书生，走路碎步轻摇，谈吐慢条斯理，待人平静如水。当时心下合计：从哪也看不出这伙计有过人之处，他做律师是怎么成功的呢？

共事的这些年，任颂远一年一个台阶地往上走，自然成了我效仿的楷模，我也在研究他、琢磨他，希望沿着他的执业足迹，踏上自己的成功之路。

一、人无信不立

当今社会，商潮涌动，商风日渐，全民皆商已是一个现实的问题。不仅仅教育、医疗等公益性事业蒙上了重重的商业色彩，本该是担负着社会公正形象的中介机构如会计师事务所、律师事务所从他诞生的那天起，就脱胎成一个赢利的商事主体。缘于我国传统文化无商不奸的痼疾，尔虞我诈似成为经商之道。道德失衡、诚信缺失的社会问题，律师行业概莫能外。对于律师界的现状，任颂远律师不仅忧心忡忡，还时常以自己的经历警示年轻律师：诚信为本。

1996年，香港大型国际投资机构荣荣工业集团到淄博某企业投资，该企业负责人称，已对拟合作项目投入巨额资金，拥有近亿元资产，并提供了资产评估报告、银行资信证明等。荣荣工业集团未做深入的考察，便投入巨额资金，随后发现该企业人去楼空，根本没有什么合作项目，对方提供的资产评估报告纯系伪造。港商经过调查，发现该企业早已被工商行政管理机关吊销企业法人营业执照，已无任何资产偿还债务。港商对此十分气愤，表示非常遗憾，对淄博的投资环境产生怀疑。

港商对中国大陆的法律不了解，只能求助于律师，由于投资被骗，一朝被蛇咬，十年怕井绳，港商选择律师不免心存芥蒂，其虽找到大地人律师事务所与任颂远律师洽谈代理事宜，但同时还不断咨询其他律师事务所的律师。任颂远律师接待当事人后，实事求是地向港商解答了我国的法律制度 ，分析了案件有利的方面及不利的因素，并对案件的诉讼风险作出合理的评估。港商经过多方比较，对任颂远律师诚实的工作作风、良好的法律功底非常信服，不仅签订了代理协议，而且特别授权任颂远律师，表示完全按任颂远律师的思路操作。

经过任颂远律师大量艰苦、细致、踏踏实实的调查工作，最后，建议港商将该企业的投资人、出具评估报告的会计师事务所以及出具资信证明的金融机构追加为被告。经过审判、执行，将港商的所投资金全额返还，港商对大地人律师事务所及任颂远律师作出了高度评价。

任颂远说：“一个单位或一个人聘请律师，或为别人推荐律师，首先就要看你的人品，因一般当事人对法律知识知之不多，他要确信你不会误导他，对于讼争的结果交由你来把握，他必须要对你的人品放心。对于律师这个行业，所谓的人品，其实就是诚信。诚信不是一句口号，它是一种理念，是一种行动，是人与人交往的基础。对律师来说诚信更是一种基本的职业道德要求，也是一种标志和招牌。”

二、业不勤不精

常常有这样的事例，律师或其他法律工作者囿于知识的欠缺和对案情研究得不够，对当事人的讼争把握不好，贸然起诉或应诉，最后面对败诉的结果，为推卸责任，反怪当事人取证不利，痛斥法官断案不公。其实，一个精通法律知识，又有丰富经验的优秀律师对一个案件的结果应该是有比较准确的判断力的。这种判断力来源于平时孜孜不倦的学习和对每一个案例深入细致的研究。

2003年，淄川某陶瓷企业将淄博市煤气公司、河南中原绿能高科有限责任公司、淄博绿博燃气有限公司一同告上法庭，要求三被告连带赔偿经济损失、违约金等共计230多万元。该纠纷源于2000年3月份，中原油田与淄博市煤气公司合作与淄博的部分陶瓷企业签订的天然气供用合同。该纠纷涉及天然气管道铺设施工的延期、中间供该陶瓷企业代用液化气价格、输送管道天然气质量等诸多问题。案件诉讼主体多，法律关系复杂，双方争议非常大。任颂远律师接受此案后，查阅了大量的法律、行政法规、部门规章及其他规范性文件和相关案例，进行了深入细致的调查研究，理清思路，找准依据，对双方争议的每一个问题都获取了足够的证据支持及法律依据。通过对争议的精准把握，任颂远律师毅然建议三被告在15天的答辩期内提起反诉，要求该陶瓷企业支付拖欠的液化气款及滞纳金、违约金共计240多万元。

该案一审经淄博市中级人民法院判决，原被告双方所诉的各项请求相抵，原告方应当支付三被告方款项176万多元。一审判决后，该陶瓷企业不服，向山东省高级人民法院提起上诉，山东省高级人民法院终审判决，基本维持了一审判决。特别值得一提的是，该案件经过市法院一审、省法院终审，合议庭都采纳了任颂远律师的代理意见。任颂远律师对案件事实的准确把握、法律知识的娴熟运用、敏捷的思维、合乎逻辑的推理、良好的法庭表现，得到了委托人和法官的肯定。

任颂远说："律师靠自己的知识为社会提供服务，对法律知识的精通，对纷繁复杂的法律关系的明晰，是律师为当事人提供法律服务的前提。当事人遇到纠纷咨询律师，律师的解答往往能决定当事人的选择。律师正确的解答和对法律关系的把握，是保护当事人合法权益的基本保证。由于律师及其他法律工作者对法律知识的不当理解，导致当事人盲目主张权利，最后得不到法院的支持，给当事人造成不必要的损失，乃至激化社会矛盾的事例不胜枚举，这样的律师是一个极不称职的律师。"

三、功至深乃成

很多人提起知名律师，第一印象是挣钱多，圈内人谈起业内成功人士，也每每提及其置房购车情况。的确，收入的丰腴、住房的阔绰、私车的豪华，是令人艳羡的。但人们往往只看到律师风光人前的一面，一如看到体育健儿奥运夺金，鲜花、荣誉、奖金纷至沓来，在成功的背后，多少付出，多少汗水，多少悲情故事是很少有人了解的。

淄博某国有企业在计划经济体制下，外欠货款非常多，严重影响企业的正常生产经营，工人工资不能按时发放，职工情绪不稳定，企业到了举步维艰的地步。任颂远律师担任该企业法律顾问后，将企业外欠货款分类梳理，先易后难，先简后繁。能通过协商处理的，达成和解协议，自动履行；不能和解的，通过诉讼手段依法清欠。

对于每一个和解的案件，任颂远律师都无数次奔波于顾问单位和欠款单位之间，晓之以理，动之以情，挥洒了无数的汗水，付出了辛勤的劳动，使每一个和解协议顺利履行。

对于诉讼案件，任颂远律师和法官一道密切配合，相互协作，跑保全、跑执行。曾经到东北保全的一起案件中，任律师和法官一天跑了近千公里路，查了十几处金融机构，最后使案件的判决得以顺利执行，所欠货款全部追回。

任颂远说："每一个人步入律师行业，都要耐得住寂寞，要厚积薄发，要脚踏实地，要苦其心志、劳其筋骨，急功近利是时下从业人员的通病。宝剑锋从磨砺出，梅花香自苦寒来，你付出了，才能得到。"

四、结语

从认识任颂远到现在，四五年又过去了，执业十年的任颂远，业已成为淄博律坛的佼佼者。这些年，我也经历了做律师的酸甜苦辣，心境平和了许多。现在看来，当时对律师的理解是浅薄的，律师的风格各异，成功的路却大致相同。以任颂远的话说，要想成为一个事业有成的律师必须做到的就是：讲诚信、勤钻研、多付出。说起来平淡，十年如一日的实践却让人感叹。在竞争如此惨烈的当今社会，一如歌中所唱：没有人能随随便便成功！路还长，任颂远律师仍一如既往地践行着自己的信念，他坚实的足迹必将在淄博律坛留下重重的印痕。

2004年11月5日

在刑辩中演绎激情

——记大地人律师事务所王曙光律师

朋友到律师事务所拜访我后感言：你们所那么多人，没几个长得像律师的，就座位在靠走廊窗口、戴着眼镜、一边吞云吐雾、一边双手敲击着笔记本电脑的那位有律师模样。我不知道律师在人们眼中应该是什么形象，但他说的是王曙光律师。我的朋友眼力还可以，王曙光在大地人律师事务所乃至淄博律师界的确算得上是资深律师了。

1990年毕业于山东师范大学历史系的王曙光，在大学时就热衷法律，常常到山东大学法学院去旁听法律课，毕业在淄川一中执教时考取律师资格，1995年辞职做了律师。这些年来，王曙光律师把主要精力都投入到对刑事法律的研究中，一直致力于并不是很赚钱的刑事辩护业务。因为他觉得，只有刑辩律师才是真正意义上的律师，只有刑事辩护才能展现律师的风采。

王曙光律师个性鲜明，敢爱敢恨，身体虽不强壮，却生就铮铮铁骨，他把自己的激情和心血都倾注在刑事辩护上，在与公诉人一次次的法庭上交锋中，诠释着法律、捍卫着人权。

一、为了维护法律的尊严

1999年9月，一个风华正茂的青年小军（化名）在周村家里用电热淋浴器洗澡过程中触电身亡，这一噩耗，给这个家庭的打击可想而知。仅仅在几天前，小军刚刚接到大学录取通知书，一家人还沉浸在喜悦中，突然的变故，不仅摧毁了这个家庭，一经媒体报道，也震动了淄博市的民众。舆论的导向、公众的议论，纷纷指向导致事故发生的电热淋浴器的生产单位及有关的产品质量检验机构。

由于人命关天，加之该事件的影响，为了给公众一个交代，公安和检察部门均加大了介入调查的力度。调查查明：该电热淋浴器系淄博某厂生产，有所在地产品质量监督检验机构检验发放的产品质量合格证和准产证。检察机关经过深入的侦查，以涉嫌玩忽职守罪对负责该产品质量监督检验的工作人员王丽（化名）立案侦查并提起公诉。检察机关指控：王丽作为该产品质量监督检验工作的负责人，安排无检验上岗操作证的孙静（化名）单独检验，事后又未按规定认真审核，应承担渎职责任。

山东大地人律师事务所接受了被告人王丽的委托，指派担任淄博市技术监督局常年法律顾问的王曙光律师出庭为王丽辩护。王曙光律师经过查阅卷宗发现，本案被害人是在使用贮水式电热淋浴器时触电身亡，从有关材料看，引发本起事故的原因主要有三方面：一是淋浴器右边一个进水口没有堵塞，致使浮球浮不起来、关不上截止阀，导致右边进水口不断漏水，水不断流进淋浴器底部接线盒，积水后使温控开关内部进水，导致整个淋浴器带电；二是电源线、刀开关及插座为临时安装，安装不符合产品说明要求，无漏电保护装置、无接地线；三是使用者违规操作，未按说明书要求切断电源后使用。显然，在上述三方面的原因中，第二点是安装者的责任，第三点是使用者的责任。至于第一方面的原因，为什么“淋浴器右边一个进水口没有堵塞，致使浮球浮不起来……，”材料未能说明，可能是安装不当，可能是产品质量不过关，也可能是产品结构设计本身有问题。据此看来，本案环节众多，分别涉及产品的生产者、销售者、安装者、使用者以及代表国家行使管理职能的产品检验机构。

根据法律规定，刑事责任的追究不能无限延伸，不能把凡可能对死亡结果有影响的因素都划归刑事追究范围，应抓住案件的主要原因、直接原因，依据与被害人死亡因果关系的远近程度分别追究有关人员相应的刑事、民事、行政责任。

负责该产品质量监督检验的机构曾对这一厂家生产的淋浴器进行过三次检验，三次均合格。检察机关指控王丽涉嫌犯罪是依据最后一次检验报告，该检验报告显示，对电热淋浴器抽样进行检测并填写检测报告的是具有助工职称、毕业于山东某大学的孙静，王丽只是作为分管的负责人进行了审核，其本身不懂技术，属于行政管理人员，在此次检测中既非直接进行检测的责任人员，也非最终批准检测报告的所主要领导，只是分管该产品检测工作的所领导。

王曙光律师认为，根据检察机关的观点，王丽安排无检验上岗操作证的孙静单独检验，事后又未按规定认真审核，显然属于领导责任的范畴，追究其刑事责任不符合法律规定，检察机关追究其刑事责任，既有对法律理解的欠缺，也有平息舆论的倾向。

王曙光律师通过对本案卷宗材料的仔细分析、通过对刑法及最高人民检察院《关于正确认定和处理玩忽职守罪的若干意见》的深入研究，坚信王丽是无罪的。刑法是神圣的，它既是惩罚破坏国家安全、社会稳定，侵害人民生命、财产安全的犯罪分子的锐利武器，同时也是保护人权不受伤害的尚方宝剑。为了维护法律的尊严，王曙光义无反顾地奔波于法院、检察院及法学院校，与法官、检察官和法学研究者沟通观点、交流意见。

由于案件的影响，面对公众的关注和舆论的压力，对于王曙光律师的无罪辩护，法院对该案件审理的慎重也是前所未有的。为了法律的正确适用，为了证明王丽的无罪，王曙光律师多次到北京，到中国政法大学、北京大学、清华大学请教专家，经过王曙光律师的奔走呼吁，该案引起了有关专家的重视。2000年12月16日，由北京大学法学院教授、刑法学专业博士生导师陈兴良，清华大学法学院教授、刑法学专业博士生导师张明楷，中国青年政治学院教授、刑法学专业博士生导师周振想，中国政法大学教授、诉讼法学专业博士生导师樊崇义，中国政法大学教授、诉讼法学专业博士生导师卞建林，中国政法大学教授、诉讼法学专业博士生导师宋英辉六人组成的专家组，在中国政法大学诉讼法学研究中心听取王曙光律师对有关案情的详尽介绍后，对该案进行了论证，并出具了专家论证意见书。意见书关于刑事实体法方面，论证了特定产品和批量产品问题、被害人死亡的直接原因和间接原因、王丽应承担的责任性质与大小；关于事实认定和证据问题，论证了死亡原因、产品生产日期、产品质量监督检验机构的先后几次检测。该意见书进一步阐明和支持了王曙光律师的辩护观点，上述专家组成员，都是刑法、刑事诉讼学界的泰斗，都参与了我国刑法和刑事诉法的制订，而且陈兴良兼任北京市海淀区人民检察院副检察长，张明楷兼任北京市西城区人民检察院副检察长，周振想兼任北京市东城区人民检察院副检察长，樊崇义为最高人民检察院、北京市人民检察院专家咨询委员，他们论证意见的权威性是毋庸置疑的。

有了专家组的论证意见，也减轻了法院的压力，增强了法官依法判决的信心，该案历时一年多，最终宣告王丽无罪。

二、为了挽救迷失的青春

当过教师的王曙光律师，对青少年成长时期的心理特征比较了解，这个时期的青少年，法律意识淡薄，好奇心强，易受不良社会风气的影响，遇事好冲动，做事不计后果。

2002年3月的一天，就读于淄川某中学高二的小强（化名）偶然到网吧聊天，在网上他向网友倾诉了家境的贫困和无钱的窘迫。网友告诉他，想要钱容易，找一个有钱的小孩，把他绑架了，让他父母送一笔钱就是。网友说得轻描淡写，勾起了他对钱的渴望，有着极强好奇心的小强，对于网友说的搞钱办法，产生了浓厚的兴趣，遂讨教网友如何操作。网友告诉他，要找一个帮手，然后物色一个有钱人家的小孩，再租一处房子，把小孩绑架到租好的房子里，让小孩的父母拿钱来领人。

那一天，从网吧出来，小强的大脑就被一种兴奋、幻想、冒险牢牢地攫取着，一个危险的计划疯狂出笼。小强找到同在一所中学读书的好朋友小龙（化名），和盘托出了自己的想法，小龙也觉得新奇、刺激，绑架的目标很快锁定在淄川某中学上初二的小明（化名）。于是二人到淄川区某村庄租了间民房，经过几天的跟踪，摸清了小明放学的路线。鬼迷心窍的二人约了三个社会青年，帮助找了一辆车。一天，在小明放学的路上，几个不知天高地厚、恣意妄为的少年开始了罪恶的行动。

案件的结局稍稍让人宽心：机灵的小明在过去的几天发现有两个陌生的人总是跟踪自己，已经保持了高度的警觉，当小强和小龙冲到小明面前抓住他的一瞬间，小明声嘶力竭的呼救声也惊动了行人……

当王曙光律师在看守所里见到小强，出现在他面前的是一个稚气未脱的高二学生，一个学习优秀、在课堂上思维活跃、深受老师喜爱、应该有着美好前程的学生。这样一个花季少年，面临指控的是绑架罪，尽管未遂，但却是严重危害社会、危害人身安全的重罪，依法是必须严惩的。王曙光律师的心情是沉重的，深深刺痛他的是一个法律工作者的责任、一种对社会的责任。

2000年加入了中国青少年预防犯罪法律研究会的王曙光律师，这些年在专注于刑事辩护的同时，更致力于青少年犯罪的研究和预防工作。每遇到青少年犯罪案件，他都会倾注大量的心血去挽救。对于小强的犯罪，王曙光律师认为是一起典型的青少年犯罪：犯罪嫌疑人主观恶性不大，犯罪后追悔莫及，走向犯罪有着深刻的社会根源——家庭的贫困、法制教育的欠缺、社会阴暗面的影响。对于青少年犯罪，除去个别恶性比较大的犯罪分子，王曙光律师一贯的立场是教育和挽救。王曙光律师认识到，年纪轻轻的小强如果被判服刑，一定很难承受这样的打击，不仅极有可能毁掉个人的前程，将来还会成为社会、家庭的负担；如果能免于刑事处罚，看守所里失去自由的经历同样会成为他一生的警醒，将来考上大学，会珍惜机会的来之不易，应该会努力回报社会。王曙光律师把青少年犯罪的根源和自己对挽救失足青少年的体会及被告人小强的可宽恕性在辩护词中做了详尽的论述，并取得了学校的支持，联合学校一起反复找承审法官沟通，请求从轻处罚，给小强人生一次机会。

王曙光律师的辩护词和为此案倾注的努力，感染了承审法官，合议庭综合考虑了刑罚的惩罚与教育功能，最终对小强判处缓刑。虽未能免于刑事处罚，但缓刑的结果，也体现了法律对未成年人犯罪的最大宽恕。

三、为了昭示不泯的良知

《大地人律师》第三期上刊登的《罪在阳光下宽恕》一文，叙述了王曙光和郭君律师代理一起故意杀人案的始末，案件的事实并不复杂：被害人王某曾与鹿某有恋爱关系，因其涉嫌经济犯罪及酗酒滋事被所在单位开除，后常与社会无业人员厮混，靠讨黑账、敲诈勒索生活，鹿某与其断绝恋爱关系。2001年10月，毕业于华北航天工业学院、时任某通信公司一经营业务部主任的曾炜经人介绍与鹿某相识并恋爱。王某得知心怀嫉妒，多次骚扰鹿某，为此，曾炜几次宴请王某及其“兄弟”，希望王某停止纠缠。但王某并未甘心，以手机话费有问题，要求曾炜报销花费为由，两次到曾炜办公室无理取闹，并指使一些无业人员自称“黑社会”对曾炜恐吓。同年12月12日，曾炜找人说合，为王某结算电话费并请其吃饭，王某假意承诺不再纠缠。2002年1月8日，王某得知曾、鹿即将结婚的消息，威胁曾炜赶到沂源县影剧院，纠合多人对曾炜进行殴打，并要求曾炜于次日中午前向其“解释清楚”，否则剁掉曾炜并“做掉”其全家。9日中午。曾炜在饭店请客，向王某“赔礼”，遭到王某等人的拳打脚踢，下午2点，王某“押”曾炜到公司营业厅索要手机，勒索现金5000元。曾炜不堪忍受其长期的凌辱，谎称回家取钱，从家里取来单刃水果刀一把，捅刺王某胸部、头部、颈部数刀，致王某失血性休克死亡。随后，曾炜向公安机关投案自首。

虽然一直从事刑事辩护业务，为涉嫌犯罪的被告人“开脱”，但王曙光律师却是一个疾恶如仇的人，锄暴安良同样是他朴素的正义观。担任曾炜的辩护人，王曙光律师油然而生的是一种扶危济困的使命感，他深知这是一场情与法的抗争。

曾炜故意杀人案震动了沂源县，沂源县朴实的群众对这一案件有着自己的评价：曾炜是一个好人，被害人罪有应得。王曙光律师敏感地捕捉到了民意，同时他也坚信民意的力量。经过不懈的努力和艰苦的工作，两位律师采集了1618名当地群众的真实看法。人们本着良知进行了倾诉："我们是沂源县主持正义的人民群众，我们对曾炜的冒失行为感到痛心和惋惜……但我们又为社会上少了一个坏蛋多了一分安宁而庆幸！王某生前无恶不作，劣迹斑斑，已成为社会一大公害，县剧院门前的摊贩以及那条街上的个体餐馆均是（他的）受害者。"这些来自各个单位各个阶层的群众表达的意思只有一个——王某的霸道行径逼着曾炜走上了犯罪道路，曾炜应当早日回到社会。

曾炜故意杀人虽然触犯了法律，但他占据了情理。正如郭君在文章中所述："沂源群众出具的11份强烈呼吁从轻处罚曾炜的联名材料，是一张典型的民众裁决书，这表明公众接受的不仅是公平公正的法律，更应该是靠近社会利益惩恶扬善的法律。"

王曙光和郭君律师的辛苦工作得到了法官的认可，法院的判决给了他们最大的宽慰：曾炜因故意杀人被判处有期徒刑3年，缓刑5年。人们也应当记住参与此案公诉和审理的淄博市检察院的检察官和淄博市中级人民法院刑一庭的法官们。正义是社会永恒的力量，良知是民众不泯的真情。

四、为了追求生命的精彩

伴随着一个个成功的案例，王曙光律师的知名度也在日益提升，但他并不因取得的骄人成绩沾沾自喜，正如大地人律师事务所所训倡导的那样：做律师，要做名律师、做学者型的律师、做专家型的律师。达到这样的目标，丰富的司法实践和扎实的理论功底是不可或缺的。2002年，不断进取的王曙光律师考取了南开大学法律专业硕士研究生。读书期间，王曙光是在沉寂和思考中度过的，目前正在全力准备毕业论文答辩。为了生命更加精彩，他已经蓄势待发！当载有此文的新一期《大地人律师》问世时，我们会看到一个变得更加成熟、更加睿智的王曙光律师，历经风雨，依然不变的是他那雄辩的激情。

2005年11月5日

四十不惑始发奋 功到铁杵终成针

——记大地人律师事务所王丰民律师

当代律师业虽然在中国仅仅发展了二十多年的时间，但淄博的整个法律服务市场，却早已狼烟四起，诸强割据，大小山头林立。新入道的律师无业务可做，或无挣钱的业务可做，已是不争的事实。基于僧多粥少的现状，敢于进入律师界来分一杯羹，必需的是勇气；下定决心、艰苦创业，甘愿赴汤蹈火者，做个十年八年，仍悄无声息，也是很正常的事。在这样竞争激烈的局面下，能够蹚出条路、抛头露面是业界诸君孜孜以求的。

话说天下百事，凡事都有例外。在大地人律师事务所，有这样一位律师，2001年，年近40岁的他，始做实习律师，2004年，执业第三年，业务收入在律师事务所已名列前茅，因成绩突出，被评为所优秀律师，并成为事务所的合作人，真是想不出名都难。这个让同行啧啧称叹的律师就是王丰民。做律师要出人头地，业务收入是基础，业界同人开展业务是猪拱鸡刨，你走你的道，我施我的招，扬名立万的程度，往往决定于创收程度。王丰民律师异军突起，向早入道的律师同行们发起了强有力的挑战，给试图论资排辈的律师界带来了猛烈的冲击。

一、感到寂寞你就挥挥手

王丰民律师入职前一直在齐鲁石化工作，干过操作工、从事过营销工作、担任过企业法律顾问，虽然日子过得也是忙碌而充实，可一直没找到适合自己的支点，释放生命的能量。2001年，时逢齐鲁石化出台政策买断工龄，由于不甘生命的平淡，年近40的王丰民毅然辞职投入到了律师队伍，告别了倾注了自己青春热血的石化行业。

辞职做律师前，王丰民对淄博的律师界进行了考察和分析，是充满信心进入这个行业的，知己知彼，方能百战百胜，王丰民律师从不打无准备之仗。

40岁重新选择人生的道路不是件易事，更何况进入律师这个行业。记得笔者辞职时33岁，当时自己的想法是：40岁之前要努力，40岁之后可以混日子。而王丰民律师毅然在不惑之年放弃安逸的生活，挥手作别衣食无忧的工作，是渴望重新塑造自我，渴望生命的激情燃烧。

二、不甘平庸你就跺跺脚

说起律师，好像是一个时髦的职业，在人们的印象中是即挣大钱又挣脸面的行当，做梦都想出人头地者也是趋之若骛，但个中滋味外人是不能体会的。中国律师杂志社的总编刘桂明先生的评价可谓入木三分：“律师这个职业，其实是一个看起来很美，听起来很阔，说起来很烦，做起来很难的职业。”

如同其他任何行业一样，做律师同样是成功者寡、平庸者众。王丰民律师既然下决心从事律师这个行业，并不仅仅是换个职业，而是想能成就一番告慰平生的事业。赢得万人瞩目可能是非分之想，但碌碌无为却绝非他的初衷。做律师高收费不是目的，但收费的高低却能反映一个律师成功的程度，是衡量律师执业水平的一个硬指标。如同一个企业经营者，企业的销售收入无疑是经营者经营能力及企业实力的一面镜子。

在如今的商海大潮中，做律师最重要的就是推销自己，扩大自己的客户群，提高自己的知名度，在广泛的社会活动中，让客户乃至潜在的客户了解你的人品、认可你的学识，从而占据一块服务市场，拥有一块属于自己的地盘。王丰民说律师执业就怕懒惰，思想上的懒惰和行动上的懒惰。自从走进大地人律师事务所，宽敞明亮的办公室里几乎见不到他的身影，他总是不停地在外面跑，与顾问单位沟通、与法官交流、与朋友加深感情、与熟人增进了解，他的思路是：没有案子时找案子，没有大案子就找小案子。不甘执业的平庸，就要超常的付出，回首做律师这些年，王丰民恍然察觉，悠闲的日子已成了遥远的记忆。

三、置身困境你就咬咬牙

上海的斯伟江律师曾经在中国青年律师论坛上诙谐地将律师分成四种类型：一是吃不上的律师；二是吃不饱的律师；三是吃饱了的律师；四是吃撑了的律师。这种分类方法真实地道出了我国律师目前的生存现状。

初上道的律师都要度过一段难耐的寂寞时光，大凡做律师的人都有这样的经历：看着早执业的律师每天忙碌地接待客户，潇洒地安排饭局，从容地迎来送往，自己却无所事事。对于律师来说，没有案子做就没有收入，这不仅是生存的压力，更是对自信心的巨大煎熬，王丰民律师刚入所时也与其他大多数律师一样面对着这种压力。目前淄博的法律服务市场开发的领域还不深不广，需要集体合作的项目不多，这就要求每一名律师具备极强的单兵作战能力，要自己开拓市场、寻找案源。虽然大地人律师事务所对新执业的律师有所扶持，但由于这些年事务所扩容比较快，新人比较多，所里的扶持肯定是杯水车薪。

王丰民律师天性乐观，处世豁达，为人真诚，办任何事都有股钻劲，这是他执业的最大优势。王丰民律师说：“做律师不能盲目地做，要有思路，做每件案子都要考虑市场效应，要切切实实地为当事人着想，要把当事人的事当作自己的事，不要考虑仅仅是提供服务与被服务的关系，你的想法不一样，做法肯定就不一样，无论遇到什么困难，都要咬牙战胜自己。”

王丰民律师说了这样一件事：他的一个顾问单位山东容百亿塑编股份有限公司起诉河北枣强县一家企业，单位派一名业务员配合法官到枣强去采取诉讼保全措施，当时王丰民有事未一同前往。晚上十点多钟，已经入睡的王丰民突然接到从枣强打来的电话，顾问单位的业务员说查封对方的银行账号没有封住钱，准备第二天就回来。王丰民接电话后就怎么也睡不着了，他想如果不能采取有效的保全措施，案子胜诉了可能执行也会遇到很大的麻烦，越想越放心不下，王丰民决定亲自到枣强去。时值冬天，王丰民顶着寒风跑到临淄火车站，到那一看开往枣强的火车只在淄博站停，他毫不犹豫地打出租车赶到张店，半夜坐上了赶往枣强的火车。当早晨王丰民律师打电话给业务员说自己已经到了枣强，业务员惊讶不已，法官也为王丰民的敬业精神感叹再三。到了枣强，王丰民律师与法官沟通，决定查找债务人的其他财产线索，经过努力，查封了对方的一处房产，最终使该案得以顺利调解。

有了这样的服务，顾问单位也把王丰民当作企业的知心朋友，什么事交给他办都十分的放心，根本用不着反复地过问，如果当初王丰民不咬牙从热被窝里爬起来，事情可能就会是另外一个样子。

实事求是地说，吃不上、吃不饱的局面对王丰民来说，仅仅维持了很短的时间。但谈起这段经历，王丰民律师同样感慨万千。

四、把握成功还需挺挺胸

律师在社会上的地位是尴尬的，属于服务业，有个体户的性质，在国外虽属白领阶层，但于我国不能等同。我国的传统文化是“学而优则仕”，公众对权力的盲从是根深蒂固的，一个无职无权的人很难得到社会的认同。很多满怀激情投身到法律服务这个领域的律师、特别是曾经有过辉煌放弃一个比较优越的工作环境加入这个行业的律师，最初的几年都会有很深的失落感，这种失落感源于自身的渺小、源于服务业没有任何权利背景的支撑，这种失落感直接影响着执业律师的自信心。没有足够的自信心，是影响一个律师走向成功的最大障碍。

初涉律师行业的王丰民为人不卑不亢，处世大度开朗，执业经历不长，但做律师的业务炉火纯青，举手投足虽不张扬，却有大家风范。这种自信源于他丰富的人生阅历、源于他那种极具人格魅力的亲和力。几年下来，王丰民律师做了许多成功的案例、保持着数家联系密切的顾问单位、也拥有了稳固的经济基础，这些更是他赖以挥洒自信的资本。耳熟能详的一句广告词：“将军本色，把握成功！”有大气度者终成大器。

王丰民律师取得了成功，他并没有什么深厚的社会背景，也没有什么讳言的展业手段，他靠的是诚信的职业操守、严谨的敬业精神、顽强的拼搏毅力、自信的人格力量！

后记：

世上没有一座高山是不可以被征服的，律师界同样没有任何一位著名的律师是不可以逾越的。短短几年，王丰民律师已经后来居上，谨以此文，向脚踏实地取得成功的王丰民律师表示敬意！其次，给公众一种启示：心若在，梦就在，爱拼才会赢，不要空叹韶华早逝。同时，与无畏无惧的律师同人们共勉：成功是我们每一个人渴望的，成功的律师总给跋涉着的我们以激励，使我们永远怀着登顶的梦。

2005年12月1日

赵锡宝的团队

赵锡宝律师比我早执业一年，但年龄小我8岁，锡宝律师高屋建瓴的眼界、大刀阔斧的业务开拓能力，远的我看不到、不敢妄下结论，目之所及，在淄博律师界可以说是绝无仅有的。外观锡宝，戴着眼镜，白白净净，文质彬彬，谈吐斯文，做个学者更符合身份，但他绝对属于乱世枭雄一类的角色。我一直佩服有能力的人，各行各业，芸芸众生中出类拔萃者，一定有过人之处。我时常揣摩别人的成功之路，与锡宝相比，我就是一介莽夫，锡宝则是诸葛亮、周瑜一类的角色。别人羡慕锡宝，更多的是看他一年几百万的业务收入，但我极力推崇的，却是锡宝的团队意识和带领金融证券法律事务部团队作战的践行。

看看锡宝办公室书橱里的几百本书，各朝各代的通史，伟人的著作、传记，在这个年代还喜欢研读《毛泽东选集》，锡宝潜心研究的是谋略，是不战而屈人之兵之术。锡宝律师的过人之处，在于他对世事的彻悟，在于他处事的智慧，在于他谙熟经营之道。他的毅力和持之以恒，也非常人所能企及。

每年的业务总结会，赵锡宝律师都大谈特谈他的团队理念。他说一个领路人，需要有远大的目标、坚定的意志、必胜的信念，就如唐僧，无论有多少妖魔鬼怪拦路、无论遇到多少艰难险阻，只要一息尚存，就是一个信念：取经！向西！在这样的团队里，好吃懒做的猪八戒都获得了成功。但每谈起他团队的业务开拓，总是轻描淡写，虽然显得很淡定，但我想，但凡一个人竖起了大旗、拉起了队伍，无论你是揭竿而起的陈胜、吴广，还是浑水摸鱼的刘邦，压力肯定小不了，大丈夫能屈能伸，英雄打掉牙咽肚里，历朝历代，成者为王。

作为一个律师团队的领路者，锡宝律师可能有几年都不曾出过庭了，说实话，对于办理案件这些具体的技术活，不是锡宝的强项，他的强项在于分析市场，做到有的放矢、箭不虚发，在于研究客户，做到知己知彼、百战不殆，在于攻关，在于拿项目。分工合作，扬长避短，人尽其才，发挥团队每个人的长处，这是锡宝团队成功的关键。

刘莉莉是赵锡宝的得力助手，是锡宝团队最坚决的维护者和护法者，也是大地人律师事务所最年轻的合伙人。鉴于男女有别、鉴于律师执业有其私密性的特点，我和刘莉莉交流不多，据年轻律师和我说，锡宝团队与客户谈合同的任务都由她来完成，由于面对的都是银行、资产管理公司这样的金融大户人家，刘莉莉谈合同心狠手辣，大有让这些金融机构聚敛的钱财易主的魄力，俨然一冷面女侠。

铮铮的西北汉子王国红，从山东铝业辞职出来，惨淡做律师几年，闲来无事喜欢和同事们凑在一起小酌几杯，自从加盟赵锡宝的团队，锡宝对他要求非常严格，不仅是工作时间，平时也不准喝酒，怕喝酒误事，他的职责是总工程师，要把握每个案件的应对方案，必须保持头脑清醒，枕戈待旦。有所失必有所得，没有了把酒临风的惬意，换来的是律途的宽广，家庭的小康，加入锡宝团队的第一年就买上了车。我至今仍忘不了前年的年终聚餐会，锡宝对国红说：平时捞不着喝点，今天放开喝吧。我和锡宝一桌，酒喝至酣处，锡宝团队的成员结伴来敬酒，国红已微醺，对锡宝说的话一直萦绕在我脑际：感谢收获、感谢成长！

每个律师都渴望收获、渴望成长，特别是最近几年大量涌入律师事务所的年轻律师。苏娜和杨洁，是锡宝团队的新成员，苏娜今年刚执业，杨洁还是实习律师；苏娜是个双学士，杨洁是法学硕士，她俩都是锡宝精心挑选的战将。锡宝对团队成员的挑选是审慎的，他的做法通常是先找年轻律师进行

合作，安排一些工作，看他是否胜任，也就是都要有试用期，真正通过考察，能够与团队形成合力，符合团队发展目标的，才最终决定其入伙。

锡宝团队的律师是幸运的，有一个能干的领路人，省去了自己开拓业务的艰辛和无助。回顾自己十多年的律师生涯，也是在大地人律师事务所这个大团队中成长起来的，有前行者的扶持，有后来者的厚爱，但在大地人律师事务所这个大团队中，自己充其量是一个摇旗呐喊、冲锋陷阵的角色，很羡慕锡宝，运筹帷幄、指挥若定，能够带领一个团队共同发展。在带领团队共同发展方面，锡宝律师是我以及每一个律师界先行者的榜样，由衷地祝福他们。

补记：

赵锡宝律师于2012年11月份带领自己的团队创办了山东禧景律师事务所，刘莉莉、王国红、杨洁追随他一同前往。律所开业庆典，我因故未能到场，但在心里我一直默默地祝福他们，在我心里，他们永远是大地人，是我的好同事。

2011年8月5日

如梦令·感怀

年年朝朝暮暮，
四十三年虚度。
惊梦晓凭栏，
残月对吟寒露。
起舞，
起舞，
日出山川锦簇。

于2010年律所总结会

律协深圳行

岁寒深圳行，把盏沐和风。
互辩争红赤，对酌论友朋。
书生豪气在，肴客陋形成。
漫话三山月，聊抒四海情。

（2016年11月17日，淄博律协监事会一行8人赴深圳考察深圳律协。淄博律协监事会共10名成员，除秘书一人及笔者以外，其他8人均担任各律所主任或轮值主任，在姜言波监事长的带领下，监事会每个成员虽秉性各异，但大家相互尊重，团结合作，共图发展，为淄博律协及律师业的发展聊尽微薄之力。）

2016年11月19日

清平乐·不惑

耕耘不断，
志在赴国难。
身世浮沉终无憾，
屈指人生过半。

十年律途倥偬，
历练难改初衷。
今日擒龙无术，
唯缚小虾小虫。

于2011年律所总结会

同道中人

同道切磋技，倾心洗耳听。
交流均受益，争辩共提升。
术业本无界，学识各有成。
闻言疑顿悟，胜诵百年经。

（2016年11月25日，作为淄博律协监事会监事在正大至诚律师事务所参加了民事专业委员会的年会，年会邀请了山东理工大学的老师国鹏、郑承友、封延会、韩振文参加，几位老师介绍了自己对民法某些领域的研究，会议讨论气氛热烈，受益匪浅，借酒兴以记之。）

2016年11月25日

律师小王的一天（三句半）

小王今年三十三，律师执业整八年，今天台上亮亮相，一般！
你说一般真一般，淄博律师已过千，要想出头谈何易，吃饭！

吃了早饭连轴转，儿子上学妻上班，专车司机算兼职，没钱！
送完妻小奔法院，安检大厅人头攒，小王掏出律师证，免检！

法庭落座信心满，法槌一敲绷紧弦，对方提供新证据，蒙圈！
小王真是不简单，面对突袭不慌乱，轻拢慢捻抹复挑，乱弹！

庭审结束喜沾沾，看守所里去会见，驾车想事分了神，危险！
误闯红灯傻了眼，警察伸手把车拦，都说律师本事大，请看！

小王下车把亲攀，队长是俺一把联，警察一听忙敬礼，罚款！
不由分说开罚单，小王乖乖干瞪眼，纵是再长两张嘴，难辩！

交完罚款十二点，午饭找个路边摊，羊汤胡椒肉夹馍，解馋！
冬日绵绵阳光暖，看守所里戒备严，会见等了俩小时，闹肝！

被告涉嫌贪污犯，羁押已过三月半，说起家人涕泪流，可怜！
面对律师直呼冤，掏出纸条求外传，小王不容其多说，免谈！

违法犯罪一念间，人情利禄把好关，法律面前无儿戏，点赞！
会见结束天色晚，朋友紧催路紧赶，酒局人齐就等你，找残！

未等入席先道歉，各位兄弟多海涵，认罚一杯请谅解，我干！
李白斗酒诗百篇，小王三杯吹破天，神舟我能开着飞，扯淡！

里斜外倒酒已酣，吆五喝六去练摊，朋友拉住小王手，买单！
刷卡又是一千元，疼在小王心尖尖，分分角角皆辛苦，难言！

老婆儿子来觐见，泡茶洗脚点上烟，回到家里装大爷，该扇！
日照香炉生紫烟，酸甜苦辣又一天，明天还得到处跑，再见！

2016年11月3日

说说律师那些事

风风雨雨又一年，家事国事都挺难，有啥难事跟我说，不管！
南海仲裁香港乱，安倍到处惹麻烦，美国最爱挑拨事，约谈！
大事归口国务院，小事交给街道办，我们律师管啥事，吃饭！
律师当然要吃饭，但是不能光吃饭，除了吃饭还睡觉，讨厌！

扯完闲篇归正传，晚会时间很有限，咱们四个说点啥，乱弹！
最高精神出两办，律师挂职各机关，公检法司履公职，客串！
中央正式发文件，优秀律师进两院，法曹三者互融通，高见！
各级政府转观念，依法行政谱新篇，聘请律师当顾问，买单！

建言献策谋发展，律师参政道路宽，人大政协党代会，竞选！
说完大政看眼前，淄博律师不简单，就说我们四个人，一般！
你说一般真一般，淄博律师已过千，啥时咱做大哥大，明天！
两结合把律师管，就像岳母和泰山，监督姑爷不犯错，流汗！

律师工作走在前，司法局来掌航船，律师科长叫老包，红脸！
律协是咱领头雁，关会长的美名传，卸任市长来当家，真干！
律协工作看两专，热心服务自扬鞭，公正无私监事会，拍砖！
秦时明月汉时关，淄博律师口碑传，咱用事实来说话，请看！

运动场上身手健，不到真章不露馅，露馅不怕开水煮，肉丸！
正反两方把理辩，淄博康桥勇夺冠，市长亲自来颁奖，眼馋！
培养律师不空喊，隆重推出英才班，年轻律师都想去，拔尖！
青年志愿服务团，传遍微信朋友圈，热心公益树形象，点赞！

淄博老乡笑开颜，法律服务到田间，第一书记当顾问，创先！
有个律师叫袁天，西部一待就三年，法律扶贫不怕苦，模范！
说一千来道一万，淄博律师是好汉，顺便说说大地人，重点！
临淄桓台加张店，一所三地携手干，业务开拓到国外，很淡！

非诉业务大发展，呱呱叫的是破产，一级破产管理人，easy简单！
金融证券带保险，挂牌八家新三板，涉外服务震天响，太玄！
辩论赛上翻了船，天矩会说三句半，今天晚会决高下，看咱！
遍地英雄下夕烟，我们四个表演完，明年晚会俺还来，再见！

2016年12月6日

痛且痛着

涉足律师行业已四年有余，源于自己悲天悯人的禀性，导致在执业中更多地忧虑着法治的现状、关注着弱势群体，说起这些年做律师的感觉，怎一个痛字了得。对于这种痛感，起初以为是步入一个新的领域所不免的阵痛，自忖随着执业时间的延长和职业经历的丰富，这种痛就会淡漠，可谁知这种感觉却历久弥深，一直伴随着自己的执业经历，挥之不去，现在我已觉悟，对于我的个性，选择了律师这个职业，也就注定感觉是痛，且仍要痛苦着。

一、小额诉讼，无奈的痛

法律更多的应是对弱势群体的保护，但法律的保护实在太有限了。作为一名律师，经常在办公室里接待一些打工者的求助，这些打工者来自贫困地区，他们来到城市往往做最艰苦的工作，每月工资也就五六百元钱，省吃俭用，最多能剩三四百，就是这点工资，也常常被个别为富不仁的老板们克扣，到了末了拿不到手。点点微薄的工钱，往往关系到一个农村孩子是否失学，往往关系到一个农村家庭能否吃上一顿丰盛点的年夜饭。对于他们的求助，法律显得太过于苍白。我们国家的民事诉讼制度虽然规定了简易程序、虽然规定了先予执行等制度，但在实践中，对于小额诉讼的诉讼成本还是显得过高。这些索要工资的打工者，他们对法院有一种敬畏，他们连诉状都不会写，他们最需要法律和律师的帮助。但实际情况是，律师代书几十元的费用，对他们都是一笔不小的开支，而往往这样的案子到了法院，由于争议标的额过小，也得不到法院审判及执行的重视。每逢这些衣衫褴褛的打工者来咨询，作为律师的我，常常在心里有一种莫名的痛楚，这种痛是对弱者的同情，是对自己人微言轻的无奈，是对法制进步的渴望。面对这些期盼得到帮助的眼神，律师也只能免费为其写好诉状，耐心告知其诉讼的程序，或者鼓励他们到有关执法部门去投诉。律师不可能有更多的精力来从事法律援助，代理一个小案子的成本对于律师来说，与代理一个大案子有时没有什么更大的区别。我们国家的律师费没有规定由败诉方承担，这更限制着律师代理小额诉讼，健全小额诉讼制度和规定律师费用由败诉方承担，也许最终能缓解律师心中的某些痛。

二、关系诉讼，悲哀的痛

每一个律师都会遇到这样的案子，案子的本身法律关系存在争议或者证据处于两可。于是每个律师也便会有这样的经历，无论是在一审、还是二审，到了最后，双方为了使法律的天平向自己一方倾斜，关注的焦点已不仅仅是案子的事实及法律关系，更为关注的是人为的力量。于是原被告双方使出浑身解数，采取统一战线的做法，调动一切能够调动的关系，联络承办案子的法官、庭长、审判委员会成员、院长，有时再沟通各级权力部门的官员给法院打招呼，打官司就演变成了实实在在地打关系。中国是一个格外讲关系的国家，这种关系不同于西方的Public Relationship（公共关系），而完完全全的是一种缘于同学、战友、邻居、老乡、姻亲、血缘等等的关系，也不必过于讳言，人皆尽知，也有纯粹的金钱关系。一个案子打到了这个份上，律师处在一个关系的旋涡中，欲进不得，欲退不能，感觉的只有痛，这是一种悲哀的痛，是为法律感到悲哀，是为自己从事的职业感到悲哀。

三、徒劳诉讼，苦涩的痛

中国当代律师的发展已有20多年的时间，现在虽然法官已习惯了律师参与诉讼，但律师在个别法官眼里，还似乎是个多余的职业：法官知法，无论什么案件，法官自能明察秋毫，依法断案，何需律师摇唇鼓舌？于是在民事审判庭上律师就会有这样的遭遇，法官只是听听当事人双方的举证，对于律师的辩论、甚至于质证，不屑一听。常常是律师郑重其事地尊呼"审判长、审判员"，准备发表自己对案子的看法，却发现合议庭成员开始说说笑笑，明显不似合议案件，甚至一些成员悠然离席，有时甚至全体告退，把律师尴尬地扔在那，说也不是，不说也不是。对抗式诉讼，虽在我国古代有过记载，但如足球起源我国之说一样，于今已似是而非，现代法治下的诉讼制度仍系舶来品，远不如我国传统的纠问式诉讼更符合某些法官的口味。律师的意见，应当是合法者采之，于法无据者去之，如果律师的劳动，得不到法官最起码的尊重，哪个律师心中不感到痛，这种痛是苦涩的，也是不便多言的。

尽管有许多的痛常在，自己也难于割舍研习四年、从事了十二年的化工专业，也时常面临着一些企业诚邀加盟的诱惑，但自己仍坚持做着律师，而且还要做下去，是因为我对律师的热爱、对法律的忠诚、对国家的法治乃至整个社会风气始终抱着坚定的信念。哲学教科书云：前途是光明的、道路是曲折的。把自己幻化成漫漫征程的求索者，貌似高尚，权且能聊以自慰，掩盖去许多痛，激励自己前行。

2003年5月8日

律师的良知

“天下熙熙，皆为利来；天下攘攘，皆为利往”。两千多年前司马迁的警世名言，仍是当今社会真实的写照。我不能说自己淡泊名利，在浩浩荡荡的掘金人群中，依稀可见我忙碌的身影。但这么些年，总有一种情绪左右着自己，总有一种情怀挥之不去，在我的精神家园里，有某种东西自己一直细心地呵护着。

一、难舍真诚

朋友介绍一个案子，人身损害赔偿纠纷，被告要找律师代理，当事人到所里就要交费办代理手续。我了解了一下案情，原告的诉讼请求基本合理。我知道这样的案子，律师出庭与当事人自己出庭不会有多少不同。我耐心地给当事人解释了人身损害赔偿责任的承担，详细地说明了赔偿的项目及标准，以及原告诉求的合法性。当事人听了我的解答后，便不再要求办代理手续，说要回去考虑考虑。我知道这个当事人走了就不会再回来，自己又少了一笔收入。

通过与当事人交谈，说服、打动当事人委托自己代理案件，是执业律师毕生追求的职业境界，其中的技巧，自己非不懂、不能也，实难为也！每每接待当事人，总会习惯地把自己对案情的理解详细地阐述，把诉讼风险给当事人讲明。其实每个律师心里都清楚：很多问题可能一点就透，你讲明白了，当事人也就无须你的帮助了；很多案子，你把诉讼风险准确地告知当事人，当事人可能就放弃了。

因自己的过于坦诚，从手边溜走的案子每年都不少，自己的收入也因之少了许多。少了这些收入，可能我的小女儿就不能去更好的幼儿园，我的爱人不能去更好的美容院。“夫千乘之王，万家之侯，百室之君，尚犹患贫，而况匹夫编户之民乎”。我亦凡夫俗子，不是我漠视钱财，是我难舍那份真诚。在我心深处总觉得：钱挣得多也好，少也好，一辈子坦坦荡荡比什么都好。

二、我仍善良

两年前代理一个产品质量纠纷案件。一家干洗店业主在干洗衣物过程中，干洗机发生爆炸，造成该店业主王女士当场死亡。作为原告起诉的是她的丈夫和不满两岁的女儿，我当时代理被告——温州一干洗机生产厂家。应当说案件代理是成功的，经过充分的调查和对案情的分析，通过大量的证据材料，我指出厂家生产的干洗机，设计、制作及产品使用说明书，均不存在缺陷；干洗机爆炸的原因应当是维修工拆除了安全防护装置及受害人操作不当所致。法庭基本认可了我的观点，所以想通过调解来给受害人一些补偿。

代理虽然成功了，但我的心却感到很沉重，那时我的小女儿也两岁左右，晚上不见妈妈就哭着不肯睡觉。受害人的女儿跟我女儿一样大，却永远地失去了妈妈，我真的希望温州那有钱的老板能多给她一些补偿。我随后不断地通过电话做温州一方的工作，几近倒戈，不为别的，只为那与我女儿一般大而失去妈妈的可怜的小女孩。

我希望我的小女儿过得快乐，我也希望别人的儿女一样过得快乐。"家贫望人富！"我一直怀着感念的心情善待人们，虽然命运也曾对自己不公，自己也失去了很多，但我铭记在心的是那些善良的给过我帮助和支持的人们，感念生活带给我的美好。我本善良，我仍善良。

十多年前去青海的塔尔寺，从西宁到湟中，沿途朝圣的藏民一路匍匐卧拜前行的场景，总是萦绕在我的脑海中，震撼我心灵的，是藏民对佛教的这种虔诚，这是一种怎样的精神力量？！我敬仰那些靠精神力量支撑着自己信念的人们。生活在尘世，我脱不去七情六欲，但我尊敬一切有着精神追求的人。世事变迁，岁月的风霜淡漠了自己的情感；人生浮沉，社会的坎坷迷茫了自己的追求。滚滚红尘中，纯真难再，但我仍固守着自己的精神家园。

2004年7月5日

职业如斯

活过了这么多年，实在没有什么可炫耀的资本，唯一感到欣慰的，自认为是一个好人。既然标榜自己是好人，按理就该做个好律师。影视作品中的好律师，各个侠肝义胆、疾恶如仇、扶危济困……公众心目中也是这个形象。我也常常想自己能仗义执言，替天行道，博喝彩一片。可好人好当，好律师难为也！摘取执业的几个片段，以资佐证。

片段一

一顾问单位与客户发生经济纠纷被告上法庭，为给原告施加压力争取调解，顾问单位交代我：有一批货原告没有我们接收的证据，你在法庭上不要承认。庭审中原告举证，提供了约定异地某港口交货的购销合同以及合同签订数月后将货物装船运往该港口的证据。

我质证道：原告提供的证据仅仅能证明其发往该港口一宗货物，不能证明是发给了被告，也不能证明被告提走了该宗货物。

法官发问：被告回答是否收到该宗货物?

作为被告的代理人，如实禀告肯定不可以，律师不能违背委托人的指示；睁眼说瞎话，似与自己的做人准则相违，不回答又不可以。当时顾问单位的一个职员与我一起出庭，我便暗示由他回答法官的询问，该职员出庭前已得到领导的反复叮嘱，遂斩钉截铁地答：没收到！

在法庭调查中当事人的陈述作为证据对待，诉讼证据有虚假，当事人的陈述亦有真伪，法庭如战场，难免有诈。律师的职业性质注定不能像法官一样超然争议之外，但法庭调查的是当事人，即使律师作出陈述，也视为当事人的陈述，律师只是当事人发声的话筒而已。

片段二

一个出租车司机，开着出租车拉着几个朋友到处消闲，一天从早到晚，哥几个出茶楼、进饭馆、练歌厅、泡酒吧，夜幕笼罩时醉醺醺地开着车上路，一头撞在树上，当场造成朋友三人死亡，出租车司机受重伤。

受害人亲属将出租车司机和出租公司一起告上法庭，要求损害赔偿。事情明摆着：出租车司机没有赔偿能力，法院判了也难以执行，如果出租公司承担责任，还是有相当财力的。

我代理出租公司，观点是：出租车司机作为出租公司的雇员，如果在履行职务过程中造成他人损害，出租公司有义务赔偿；本案发生交通事故时，出租车司机不是在从事营运活动，并没有履行职务行为，依法出租公司不应承担责任。

法院判决采纳了我的观点，受害人亲属痛上加痛，我也有助强凌弱的嫌疑。法律是立法者制定的，法院判决依据的是法律，律师在代理案件过程中，只是兜售自己对法律的理解。

片段三

某公司盖楼，违反规划，加盖了一层，职工入住三年后，北临两座楼的住户联合起诉，以影响采光及造成住宅的经济价值贬损为由，要求法院拆除违章建设的顶层。

作为该公司的代理人，提出答辩意见：公司盖楼在先，北临居民购房在后，诉公司侵权，依法不成立；公司盖楼违反规划，行政机关已作出处罚，原告要求拆除没有法律依据。

开庭时原告有二三十人在场，开完庭将我团团围住，痛斥我胡说八道，明明公司违法，这样的案子你也代理，黑心律师一个。

受到对方当事人的语言攻击，被称为黑心律师，想来也不只此一次。黑心也好、坏肠子也罢，律师在法庭上，只能对证据发表言论，只能依据法律说话。必须提出有利于委托人的观点，旗帜鲜明地维护委托人的利益，皆职业使然，非律师人品问题。唯望法官心明眼亮，明辨是非，断案如神，保证裁判的公正，维护法律的尊严。

上海交大法学院院长郑成良教授说：好律师不是学雷锋。道理如此，业界中的我也心知肚明，但每每代理类似上述的案子，心中不免疙疙瘩瘩，乃民众描画的好律师情结在作祟。其实民众概念里的好律师不做并无大碍，恪尽职业操守是关键。不能做公众心目中的好律师，好人的本性却不可丢，此乃吾愿此！

2005年4月22日

勇者敢当

韩国前总统卢武铉跳崖自杀，韩国震惊，世界动容。先前已知卢武铉涉嫌贪污官司，还在接受调查，但闻听这一消息，我心为之颤、为之敬，首先想到鲁迅的话"自杀其实是不很容易，……倘有谁以为容易么，那么，你倒试试看！"以我们国人的思维，你可以说卢是畏罪自杀，也可以说是以死谢罪。不过，我更愿意说这是勇者的行为！

由此我想起很多年前淄博中级人民法院一资深刑事法官和我的聊天，谈起当时经济犯罪案件的审理，该法官无奈透着不屑：当下一些官员，贪污受贿肆无忌惮，可能百万千万地贪，犯了案，让他承认个十万八万都难，抵赖狡辩，供词反复，贪生怕死，唯恐牢狱，还不如那些杀人越货的罪犯，既然做了，法庭上就如实供述，不避刑罚。

由此我也想到很多渎职和滥权的官员，面对给人民生命财产造成的巨大损失，没有反省，没有悔意，首先想到的是推脱责任，四处活动以保官位，无德之人，何以为官，无耻之尤，何甚于此！

正写作此文，《鲁中晨报》手机报发来信息：同样因为洗钱案遭到羁押的陈水扁，也透过电视新闻，得知这项消息，不过他并没有太大的反应。电影《无间道》有句经典台词"出来混总是要还的！"于是乎我生感叹：阿扁，如果纯爷们，以头撞墙耳！

2009年5月24日

抹不去的记忆

做律师总是接触不同的事，总是不断地和各种人打交道，随着岁月的流逝，对绝大多数人和事的记忆不免或模糊、或尘封，这些曾经的人和事如果不被偶然的事件激活，时间久了，也就淡忘了。但这样的一件事，这样的两个人，却总会时不时地占据我的脑海，唤醒我的记忆，促使我不得不把它记录下来。

2000年，我到大地人律师事务所做实习律师，当时所里与淄博人民广播电台新闻频道联办一档法律宣传节目，时间安排在每周六晚间9点到10点，我要说的人和事就与这个栏目有关。这些年来我一直参与主持着这个栏目，栏目也改在了每天的黄金时段直播，但那个冬天的触动却不曾再现。

大约是那年年底的一天，我正在办公室看书，一个穿着破旧中山装、灰头土脸的中年男子推开门说要找王晓武律师，因当时我没有正式执业，还不能称为律师，于是有些怯意地说"我就是"。来人很兴奋，说："可找到你了！等一会，下面还有一个。"说完转身快步到楼下，一会"扶"上来一个更加灰头土脸的男人。两个蓬头垢面的人带着室外的寒气小心翼翼、诚惶诚恐地在办公室的椅子上坐下，从他们迟缓的行动中，我才发现，先上来的那个男子，没有双手，被他“搀扶”上来的那位，双目失明。

室内的温暖使他们一时还有些不适应，两人落座后显得很激动，也很局促，以至说话都有些语无伦次。从他们条理不是很清的述说中，我了解到他们收听了我主持的法律节目，因为住在青州乡下，那里不通公共汽车、两人因为残疾又不能骑自行车，于是早晨三四点钟从村里出发，顶着冬夜的彻骨寒风，徒步走了两个多小时、三十多里路，赶到青州城，从那里坐上第一班长途车来到淄博，费了好大周折找的所里来，就是为找我这个能在电台里有声的“大律师”。

在这大冷的天里，两个这样的残疾人同时出现在我面前本身就让我有些震颤，又是远道的慕名而来更让我吃惊，同时也感觉有点承受不起，为我这么一个还没拿到律师执业证的人跑这么大老远，值吗？

没有双手的中年男子还健谈一些，他告诉我双目失明的男子和他住邻村，原来是开采石厂的，家庭本来还殷实，在一次放炮炸石头时蹦瞎了双眼，妻子把家里的钱都带走了，并提出和他离婚，一审法院已经判离，想提起上诉，村里的文化人已经给写了上诉状，想让我给看一看。他还说因为都是残疾人，所以平时总互相关照，打官司的男子双目失明，行动不便，到哪都是他陪着。看着两个人衣衫褴褛，我心中阵阵酸楚。

看完一审判决书和他人代写的上诉状，案情很明了：双目失明的男子的妻子是第二次起诉离婚，法院判离没有任何问题；另外房屋等财产全部判给了男方，并判决女方一次性补偿男方3000元钱，八岁的女儿判给了女方抚养，判决结果已经体现了对男方的最大照顾。至于男方说女方把家里的钱都带走了，也不能提供证据证明，法院无法支持。我给两个人讲明了法律的规定。

双目失明的男子说上诉就是想要回女儿，自己双目失明不久，妻子就离开了家，他一直与女儿相依为命，平时女儿还能照顾他，将来老了也要依靠女儿，他无论如何不能失去女儿。

我看着双目失明男子苍老的脸，竟难以置信他和我同龄，不过三十出头，看上去却不止四十的样子。他人代写的上诉状，表达了双目失明男子的上述意思。因为一审时男方不同意离婚，其他要求什么也没提，法院当然会根据双方的抚养能力把女儿判给女方抚养。我告诉他上诉状这么写不合适，离婚案件首先要保障的是孩子的利益，8岁的孩子本身还需要大人来照顾，让她反过来照顾大人法律上说不通。我问明了他的家庭情况，知道小孩的爷爷奶奶都有劳动能力，一直帮着照看孩子，另外小孩的叔叔和姑姑也力所能及地帮助他们，而且女孩也愿意跟随爸爸。于是我给他重新写了上诉状，说明离婚后，女方带着孩子改嫁，并不利于小孩的生活，而男方的家人有能力抚养小孩，且对小孩非常疼爱，小孩跟男方家人一起生活更有利于她的成长。

因为二审要到潍坊中院，去开庭会有一定的费用支出，这是我没有决定为他提供免费代理的直接原因。考虑到案情简单，便重新为他代书了上诉状，反复告诉他开庭该说什么，不该说什么。两个人拿着我写好的上诉状，就像抓到了希望，千恩万谢，双目失明的男子从破旧的上衣兜里掏出100元钱，非要给我留下，我对他说不能帮他去潍坊打官司，已经很愧疚了，钱是不能收的。

这件事过去五年多了，两个人的名字早已不记得，官司的结果也一直不得而知。不知什么原因，我总会不自觉地想起那个没有双手、虽生活潦倒、却热心助人的男子，虽然自己身处困境，却能够去帮助那些更需要帮助的人，这种淳朴的举动，体现了多少人间真情？！还有那个遭遇不幸、生活艰辛的双目失明人，以及他那苦命的女儿，他们都生活得好吗？我也常常扪心自问：当年我是不是应该为他们再多做些什么？！

2008年6月10日

律师买车

时下车已进入寻常百姓家，作为人们眼里有钱的律师，买车好似再自然不过的事，但律师的买车，不仅仅是交通工具的改善，也标志着生活水平的提高，它凝聚着许多社会的话题，承载着传统世俗文化的沉重。

2000年伊始我到律师事务所实习，那时所里有一部“公车”桑塔纳，有专职司机，因为律师事务所在张店和临淄两地办公，一个月时不时公车还要到临淄服务几天。除了这部公车，好像临淄的陈健律师还有一辆破旧的“昌河”面包，在车窗的明显处放置一块“大地律师”的牌子，招摇过市，就像现在的“新闻采访”“城管执法”之类，感觉牛得很。

大概到了2000年下半年，临淄的孙鸿雁律师买了一辆“奥拓”，这应该是所里真正意义上的第一辆私家车，记得有一次去临淄体育场和临淄公安局进行足球友谊赛，车里塞进五位如我一样健硕的同事，载重量接近车子自重的两倍，起步明显有些费劲，真难为这辆车了。

2000年年底，所主任崔冠军同志决定买车了，说出手就出手，而且出手比较狠，20多万的“本田雅阁”，那时这款车刚上市，买车要提前半年预定，提现车还要多花个二三万，新车往办公楼底下一放，简直牛大发了。

我买车是在2003年年底，那时有点名气的律师都开始买车了，我虽然岁数不小，可还是个新律师，一年挣的钱除了正常的开销也就够维持车的费用，当时下决心买车主要是基于两个原因：一是有一次去法院执行局联系法官执行一个案子，那时法院执行局比较偏远，法官问“怎么来的？”我答“打车来的。”“没车怎么去执行案子！”法官冷冷地说。那时法院公务用车也少，当事人急着执行案子就要想办法提供车，这也是我们国家发展中的特色之一。律师没车就像矮了半头，我感觉很受伤，以后去法院总觉得很没底气，生怕再有法官问我是怎么来的。第二个原因应该是正当的，当时有个师兄在临淄区干副区长，我打算在临淄开展一些业务，引荐的一些企业常常在各乡镇，去和老板们联络感情没有车实在不方便，遂决心在2003年买车。

因是学工的出身，在企业工作时经常给乡镇企业提供技术服务捞点外快，家里有10多万元的存款，但这点钱在当时可供选择的车型很有限，于是就想买个“老三样”（桑塔纳、富康、捷达）。家庭版“捷达”和“富康”的改进版“爱丽舍”当时的价位在12万左右，感觉还有点贵，经过慎重考虑决定就买“桑塔纳”，买个基本型10万块钱差不多就能落下户，所以我买车没有别人到处看车的经历，仅对以上几个品牌进行了询价对比。决定买车时找了个在车行销售上海大众品牌的朋友，朋友便劝说：“桑塔纳”车型太老了，耗油高，缺少技术含量，买“POLO”吧，这款车性价比高，进口发动机，与欧洲同步上市……不厌其烦地介绍了一大堆。虽然我很外行，也不懂到底好在哪，但朋友一劝就开始犹豫了，犹豫期间，“POLO”降价了，从13万降到了11万多，这下感觉捡了个便宜，于是义无反顾地就把“POLO”车开回了家，落下户13万，超支3万元。买车之后着实紧张了大半年，家里就差揭不开锅了，三岁的女儿整天嚷着“去饭店饭儿饭儿”，无奈囊中羞涩。

时至2009年，大多数的律师都买了车，买车的理由应该和我一样，一是面子需要，律师也算是在社会上混的，没有车让人感觉一定混的不怎么样，打肿脸也要充个胖子，何况时下的车价相对于人们的收入也便宜了，算不上奢侈品了；二是工作确实需要，整天东奔西跑没个车不方便，车对律师来讲也是生产工具。解决生产工具问题是应该的，解决面子问题也是工作的需要，但面子问题着实难解决，因为律师到底开哪个价位的车才有面子没个标准，“宝马”“奔驰”肯定有面子，但也不能挣点钱都往脸上贴金。这个年纪上有老、下有小，老爹老妈要孝敬，孩子上学要掏钱，又不能住窝棚、啃咸菜，况且做律师生老病死自身还没有保障。

律师行业特别讲究包装，车是标示身价的最佳物，早买车的律师感觉车已落伍，为昭示自己的实力，换车是很自然的。像我们所的孙鸿雁律师，“奥拓”开了没两年就换成了它的大哥“奥迪”。近一两年来，遇到不常见的故旧，问得最多的是“换车了吗？”经常在一起比较相熟的人则多问“什么时候换车？”大家这么问，如果心里认为我混得还可以，该换车了，我由衷感激对我的高看；如果认为我没换车混得不怎么样，也比较符合实际。实话实说，作为从物资匮乏年代走过来的人，还是信奉“家有余粮，心里不慌”，念念不忘的仍然是当年党的教导：艰苦朴素、勤俭节约！对时下国家刺激消费、鼓励消费的政策，及比较普遍的超前消费、贷款消费的流行，在心底是无法接受的，是抵触的。车好好的，能跑能蹿的，接到的罚单都是超速，换它干什么？话又说回来，如果我一年能挣一辆“奥迪”，为了装潢门面，我可能也就换车了。前些日子，在城东法庭遇到一个律师同行，也问我“换车了吗？”我不知道是不是他换车了想在我面前炫耀，但《手机》中的台词“做人要厚道”我一直谨记，遂说出了我的心里话：车一年跑2万公里，现在才跑了12万，别人的车跑到了70万还在跑，这辈子我就这辆车了！

2009年8月5日

牛气的新加坡律师

顾问单位出口一批货物到新加坡，进口商以种种借口拖欠货款32万美元迟迟不给，案子交到我手里，先是通过青岛的律师朋友介绍一合作过的新加坡律师事务所准备诉讼讨要。这家律师事务所大概还有些实力，在上海设有分所；介绍的新加坡律师按网上的介绍也还是有些名气。一个电子邮件发过去，没有十分钟就回复过来，同时将我的邮件和回复的邮件转发给了上海分所的一位律师，让我与其沟通、交流。以后每每与上海分所的律师邮件往来，总是能在最短的时间得到回复，后来得知，新加坡律师除了开庭和外出会见客户，基本都待在写字楼里处理事务，用不着像我们中小城市的律师一样到处去展业、拉客户，我想他们应该像北京和上海的大所一样，有专门的业务拓展人员，这样每一位律师都可以端坐在律师楼里保持一种高姿态，要想与其会面、谈话、以至吃饭，统统是要付费的，这是我觉得新加坡律师牛气的第一点。

与上海分所的律师邮件、电话沟通了一段时间后，准备委托，提出想去面谈，对方答复，面谈要计时收费，如果签订代理协议，该时段可以不计。为慎重起见，我要求其把代理协议发过来，仔细阅读协议发现内容非常苛刻，总结一句话就是：什么责任也不承担，只负责走诉讼程序。最让我不能理解的是“客户的义务”中的一款：“在案件办理过程中如有各种法定期间、期限、时效，包括但不限于答辩期、上诉期、异议期、财产保全续行保全申请期限、诉讼时效等，应由客户自行掌握，并在上述期间、期限、时效届满前自行或者委托代理人向法院或仲裁机构作出相应的法律行为，或提出相应的书面申请。”我当即照会对方并提出严重的抗议：我们对新加坡的诉讼程序毫无所知，让我们自行掌握这些期限纯属无稽之谈。对方解释道，在实践中程序还是律师掌握，但合同无论如何不允许修改。这是我觉得新加坡律师牛气的第二点。

根据上海分所提供的法律服务协议，一般情况下计时收费的标准是：高级状师每小时700~1000新加坡元（1新元约等于4.96元人民币），合伙人每小时450~700新加坡元，资深律师助理每小时300~450新加坡元，律师助理每小时200~300新加坡元。工作时间包括跟客户会面，电话交谈，起草和阅读电子邮件、信件、传真，或者通过其他

方式进行沟通的时间、起草法律文件的时间、按照客户的指示往返目的地和办公室的时间、法律研究时间、出庭和在法庭等待的时间以及其他双方约定的时间。在国内，我常常被当事人无休止的会面及电话纠缠搞得要跳楼，如果我在新加坡做律师，当事人的执着可能会让我兴奋不已，按合同计费就是。经过沟通，对方告诉我这个纠纷处理下来可能需要律师费4万~5万新元，我和他商量可以按小时计费，但要求5万新元封顶，对方断然否决，一定按他们的规定来。宁可不接案子也不妥协，这是我觉得新加坡律师牛气的第三点。

和上海分所的新加坡律师周旋了半个月，顾问单位听了我的汇报后大恼，决定另请高明。我又与在新加坡的朋友联系，说可以介绍一在新加坡工作的中国律师，三番五次建议我们去新加坡谈，于是飞赴新加坡。到那才得知，朋友与那位中国律师并不熟悉，仅提供她的材料让我和她联系。我一个电话打过去，方知其没有新加坡律师执业资格，主要业务是代理新加坡客户到中国打官司，我便问是否可以介绍别的律师，隔着话筒，还是觉得牛气逼人：我们所就一位律师做国际贸易官司，不过他很忙，你这个小case他不一定接，我给你个电话，你自己和他联系吧！我的本意是想通过这位中国老乡律师找个新加坡的华人老外律师谈谈委托事宜，一个电话就给我镇住了，直接没敢约见，这比在国内谈的那个新加坡律师更牛一筹。

新加坡的律师是不敢请了，感觉比《大染坊》里的大律师訾文海还厉害，这案子要是打下来，结果不得而知，大把的钱却进了他们的腰包，让我这律师同行都无法接受。于是执行另一方案，拜访了几家讨债公司，新加坡有许多讨债公司，他们的收费一般采取“no cure no pay”（无效果，无报酬）方式，讨债招数五花八门，只要不采取威胁、暴力等手段，新加坡的法律是允许的。

2009年8月12日

临渊止步

参加山东省律协组织的全省律师国际贸易争端业务培训班，美国奥睿国际律师事务所（Orrick, Herrington& Sutcliffe LLP）王翔律师主讲《美国专利布局及诉讼策略》，他在讲授业务知识的同时，也谈及自己的执业理念，期间多次提到美国律师的执业纪律，正是这些严格的执业纪律支撑着美国律师业的过去、现在和未来，也正是这些严格的执业纪律使美国律师赢得了公众的信任和社会的尊重。他谈及了自己执业的两个小例子:

王翔律师早年做移民律师的时候，曾经给非洲某国的一个总统儿子办理过移民申请，这个非洲国家发生政变，总统被杀，总统儿子跑到美国要求政治庇护，在提交移民局的材料中，总统儿子称自己的父亲、祖父、妻子和儿女都在政变中被杀，要求在美国居留，因美国政府不支持发动政变的非洲该国当局，所以总统儿子的移民申请很快就办理下来。总统儿子对王翔律师的工作很满意，又提出要王翔律师为他的夫人和儿子办理移民。王翔律师知道了总统儿子在办理移民时向移民局做了虚假陈述，谎称其妻子和儿子被杀。美国律师的执业纪律不允许律师举报当事人的违法行为，所以总统儿子敢于向律师坦言事实。一般而言，律师在不知情的情况下为当事人办理法律事务并不为过，但如果知情且故意隐瞒实情，就构成重大违纪甚至违法行为。对于总统儿子的要求，王翔只能退避三舍。

王翔律师目前的执业重点是处理跨国企业商务纠纷，一次在美国，一家中国公司驻美国办事处的人员许诺重金要求他给国内出具一份内容不实的律师函，并称此事是“天知、地知、你知、我知”。王翔律师断然拒绝，给出的话是“你知道、我知道、天下人都知道”，这句话他在讲课时反复提及。

由此我想到国内的某些律师，置执业纪律于不顾，为了谋利，在民事诉讼中唆使当事人、甚至帮助当事人伪造证据，这在很大程度上损害了律师行业的公信度；当然更有律师在刑事诉讼中参与伪证，触犯了刑法，被追究刑事责任，这更让律师的社会形象一落千丈。

毋庸讳言，有些律师是因为种种物质诱惑，走上违法犯罪的道路；但有很多律师仅仅是因为执业纪律观念不强，或因执业风险意识较差而触犯刑律，这是件可悲的事。

我曾经在一次受聘担任一故意伤害案被告人的辩护人时，被告人的母亲声称发生在某饭店的故意伤害案件自己的儿子没有参与，说饭店老板愿意作证，并拿来证人写的“我没看见某某打人”的证言给我。我说证人这么说不能证明被告人没有参与伤害他人，被告人的母亲问我应该怎么说，我想起资深刑辩律师的告诫，于是回答道：证人如果愿意作证，我向法庭申请其出庭，他想怎么说就怎么说，我不能告诉你他该怎么说。

每个心智健全的成年人都知

道什么该做、什么不该做，当然时下的社会也盛产利令智昏的人，作为律师，虽然不比别人高尚，但更知道什么该做什么不该做，即便为了保护自己，也应该保持清醒的头脑，临渊止步！

2009年12月12日

反目的情人

第一次见到小丽是在看守所里，文静白皙，少言寡语，是那种让人顿生怜爱的女孩，她涉嫌罪名是故意放火罪，尽管她的所作所为有违传统道德，并最终触犯了刑律，但听完了她的叙述，我突然有种英雄救美的冲动，想立刻带她走出牢房，呵护她受伤的心灵。

小丽是个多梦的女孩，她做过少年宫的艺术老师，当过导游，后到博山一个大企业做文员时结识了小刚。我没有见过小刚，但在这个案件中却是我很鄙视的男人，不知道他是如何吸引了小丽，让小丽为他痴情地付出，当然这些不是一个律师所应探询的。

小丽结识小刚时，小刚已经结婚，但两个人的感情还是迅速升温，很快发展成为情人关系，每次和小丽在一起，小刚总是信誓旦旦地说要离婚娶小丽，小丽也一直做着天真的梦。小刚平时好赌，虽然赌的数额不大，但因为总是输多赢少，所以经常花小丽的钱，这是我感觉他很不男人的一点。

他们之间的关系是很难保密的，在一个相对封闭的企业里，这种事不仅成了周围同事们茶余饭后的谈资，而且小刚的亲属自然把她当作狐狸精之类隔三岔五地找到小丽进行挞伐。小丽迫于舆论的压力，到张店重新找了一份工作，但她仍一直迷恋着小刚，还经常去和小刚幽会。两人在空间上分开后，虽然小刚还和她保持着情人关系，但对离婚娶她的事却闪烁其词了。

一晃两年过去了，两年间小丽为小刚花了钱、流了产，死心塌地地想要嫁给小刚。小刚却渐渐地厌倦了小丽，慢慢地对小丽痴情的约会开始找借口推脱，对小丽要他离婚的要求更是退避三舍。这一切小丽当然能感觉到，但小丽仍不死心。

终于有一天，小丽想找小刚当面问个清楚，于是打电话要求见小刚，小刚不同意见面，但小丽还是坐车到了博山，并用小刚留给自己的钥匙进入到小刚家里。小丽给小刚打电话要求其回家见面，小刚厉声拒绝并挂断电话。小丽不断地打电话哀求，小刚不断地拒绝，最后索性连电话也不接了，小丽见小刚不接电话，便给他发短信。

小丽叙述到这里，已经泪流满面。她说那天在小刚家逗留了两个多小时，至少给他打了不下二十个电话，发了不下二十条短信，小刚的拒不理睬让她绝望。她想到两年来自己的付出，想到小刚的绝情，怨恨之情难以控制，报复小刚的心理紧紧地攫住了她，当她看到茶几上的打火机，这种怨恨找到了发泄的出口，她走进小刚家的卧室，用打火机点燃了床罩……

小丽在往车站走的路上，看

到消防车呼啸着往小刚家的方向疾弛，是邻居发现了火情报的警。当天下午，小丽接到了小刚的电话，让小丽感到意外的是，小刚轻描淡写地说火没烧着什么东西，约她晚上见面彼此做个了结。用情的女人真傻！小丽怀着一丝希望坐晚班火车赶到博山，走出车站，没见到小刚，等待她的是刑警冰冷的手铐。这又是我对小刚不齿的一点，到这时还在利用小丽对自己的痴情帮助警察将其诱捕，作为一个男人他应当告诉小丽去自首，这样会减轻对小丽的刑罚，当然这也是我的天真之处。

在报案材料中，小刚不仅夸大地虚报放火造成的损失：说烧毁的吊灯几千块钱、烧毁的壁画几万块钱……而且谎称家里还丢了一万元钱，这种不念旧情、落井下石的做法真的让我愤慨了！小丽的行为触犯了刑律，当然要受到法律的惩罚，但她会得到人们的同情；小刚始乱终弃、图谋报复的丑恶嘴脸才应该遭到人们的唾弃。

小丽故意放火案造成的损失经司法鉴定为九千元，在小丽的父母积极赔偿小刚后，出于各种原因，小刚也良心发现地向法院出具书面材料请求对小丽减轻处罚，小丽一审被判处有期徒刑三年缓刑五年。

2009年6月10日

青眼看法官

题记：“青眼”一词，出自《晋书·阮籍传》：“及嵇喜来吊，籍作白眼，喜不择而退。喜弟康闻之，乃策酒挟琴造焉，籍大悦，乃见青眼。”故事说的是魏晋时期，阮籍性格狂放不羁，做事总是由着性子，他的母亲病故，嵇康的弟弟嵇喜前去吊丧。阮籍不喜欢他就以白眼相待。嵇喜回去对嵇康倾诉受到冷遇。嵇康带上酒与琴前去吊丧，阮籍见了大喜，马上变作青眼热情招待。《现代汉语词典》“青眼”词条解释是：“眼睛正着看，黑色的眼珠在中间，是对人喜爱或重视的一种表情（跟‘白眼’相对）”。

作为律师，经年累月与各行各业、形形色色的人打交道，人情冷暖，世间百态，领会深刻。自2000年伊始踏入律途，至今行走此道逾十年，耳濡目染，潜移默化，按理说为人处世也该有一些历练，可往往遇事，仍不能世故地处理复杂的人际关系，某些行业、某类人，不喜欢，就绕过去，始终不愿勉为其难；但是法院、法官，喜欢也好，不喜欢也罢，作为律师，是必须面对的，是无论如何绕不过去的。

初和法官打交道时，感觉面善的，心理距离就小一些，接触起来就随和些；对于一脸严肃的，接触起来不免揣着谨慎。或许是法官的职业使然，感觉上和蔼可亲的少，冷若冰霜的多，所以每每因为案子去法院与不熟悉的法官接触，总有上学时被老师叫去办公室的感觉（从小学到初中，因为比较淘气，总是不断被班主任传到办公室挨批，其他老师还常常助战围而攻之一起批，到了高中这种状况才缓解）。慢慢地与法官接触多了，熟悉了，感觉严肃的脸也就随和了许多，谈论的话题除了案子的是非曲直，自然就到了生活的柴米油盐，法官也就从威严的法庭，坠入了世俗的民间，亦不免“曰喜怒，曰哀惧，爱恶欲，七情具”。

前段时间为一个案子和一个法院的庭长接触，因为几年来在她手里办过几个案子，算是比较熟了，顺便拉了拉家长里短。谈起参加完高考的孩子，她说孩子喜欢建筑设计，但高考成绩在国内不够去一流院校，为了孩子将来的更好发展，准备送出国学习（现在一家就一个孩子，送孩子出国留学也是每一个小康家庭的愿望。我女儿才上小学五年级，我就开始给她积攒教育基金，谋划将来去哪个国家更合适了）。出国留学的花销和保证金要一大笔钱，家里没有几个存款，拿得出的财产就是原来参加房改的一套房子和现在住的参加单位团购贷款买的一套商品房，本来想给孩子留一套，为凑钱没办法就卖了一套，感觉有些对不住孩子，不能给孩子提供更优裕的物质条件。这位庭长的清廉在律师界有口皆碑，我信其所言为实。我们这个年纪的人从物质匮乏的年代走过来，吃过苦、受过累，自己苦点累点都不觉怎么，可是对于孩子，总是怕他吃了苦、受了累，更怕他与别的孩子比起来少了什么。做父母的总想给孩子留点什么，那么，为人父母该给孩子留点什么？《三字经》有言：“人遗子，金满嬴，我教子，惟一经。”对于这位值得尊敬的庭长，我想对你说的是，在物欲泛滥的年代，你对精神家园的坚守是留给孩子最珍贵的东西，教给他正直，教给他努力，这一切足以让他将来立足于社会。到国外吃点苦、受点累，多刷几个盘子，磨炼一下自己的品格和毅力没什么不好，一个人最终的快乐，不是对物质的享受，而是源于对财富的创造和在创造财富过程中的付出。我想你的孩子不会对你有丝毫的抱怨，他会一直庆幸自己有这样的母亲，你在孩子心中留下的不仅是感恩，更是一种尊崇，一个做人的榜样！一个理性的社会，对于辛勤工作、努力创造美好生活的人都应该尊重，我们的社会，终究要回归理性。

毫不避讳地说，我们目前的社会不是一个理性的社会，我们现在处于一个过度功利化的时代，连佛门清净地都六根不净，大肆敛财自肥，在这样的时代，有人说谈理想很傻很天真。为了掩饰自己的傻和天真，我也从不在人前奢谈什么理想、抱负之类。可有一次，当我面对面从一个法官口中听到“理想”一词，着实让我震撼许久，没曾想一个从事审判工作10多年的法官也如此单纯。事情缘起一个“民告官”的案子，我代理行政机关参加诉讼，庭后递交补充的材料，顺便与承办案件的漂亮女法官谈谈自己理解的事实证据，谈谈国家赔偿法。闲聊中说起自己的工作经历，方知曾经与我来往密切的同事是她的老邻居，她说他们从小一起长大，她像个男孩子一样跟着那些大哥哥们到处疯跑、玩耍，因差不多是同龄人，谈起年少时无忧无虑的时光，自然有许多共同的话题，也拉近了彼此的距离。聊到后来，言归正传，可能是一时放松了警惕，也可能是聊到兴处的真情流露，她说，我们做法官，有我们的职业理想！言外之意，尽管我套了半天近乎，尽管我代理行政机关，案子该怎么判就怎么判。也许说者无心，但“理想”二字于我如空谷传音，敬意油然而生。作为律师，我当然会为我的委托人去谋取最大的利益，但同时，我更希望法官们裁判的每个案子都是公正无私的，即使判决结果对我不利，我也永远敬重那些秉持职业道德、胸怀职业理想的法官。我们每个人都有过美好的理想，在我们选择每个职业时也都有过美好的向往，我们生活在尘世，自然会受到这样那样的诱惑，面对功名利禄，我喜欢的一句话是，“酒肉穿肠过，佛祖心中留”。但愿我们每个人都不曾忘记自己曾经有过的理想，我们可以不去说，但我们心中还要保持那份虔诚。

我基本是一个现实批判主义者，也推崇柏杨的“不为君王唱赞歌，只为苍生说人话”。写作本文非为法官唱赞歌，纯粹是一种情绪使然，我只是觉得生活中有很多美好的东西，我们应该去发现它、赞美它，其目的是渴望这种美好的东西能唤醒我们每个人心底深处的美好，让这些美好的东西如明媚的春日一样温暖我们每个人。鲁迅曾说“我不惮以最坏的恶意揣测中国人”，我崇拜鲁迅，但我从不会抱有恶意揣测别人，我总认为别人如我一样单纯、善良。法官和我们每个人都一样，作为一个群体，他们的品行，不见得比我们更高尚，也不比我们低下，他们也同样是现实生活中的人，他们当中的很多人值得我们尊敬。

2009年7月10日

善待年轻律师

从2000年到律师事务所实习至今，转眼九年过去了，期间的酸甜苦辣、经过的坎坷只有自己心里清楚，正因为自己经历过无数的彷徨、无助，所以很能体会年轻律师的际遇，坦白地说，我现在的心态仍是和年轻律师一样，对律师职业充满迷茫，忙碌之余困惑难以释怀。

年轻律师的难，首先在于生存的压力，生存压力对每个人都是挥之不去的痛。我辞职做律师时已经33岁了，曾经的辉煌和失落使自己的自尊心变得敏感、脆弱，十多年的国企生涯，操作工、技术员、工程师、车间主任、生产处处长，一直没脱离过生产口，只生活在企业这个狭小的圈子里，固化了自己的思维，束缚了自己的手脚，面对陌生的行业只有茫然，公检法系统几乎没有一个熟人，更没有案源，每天木讷地待在办公室里，盼着上门来的咨询者，盼着早入行的律师分配一个案子。不仅像我这样的实习律师如此，刚执业的律师也难免举步维艰。我还清晰地记得，当时早我一年进所的一个律师给他夫人打电话时激动的言语：崔主任给我一个案子，收费一万！随后是夫妻俩在电话里欣喜的私语，兴奋地谈了足有十几分钟，如今这位仁兄已经是上海一家上市公司的高管了。

我算是幸运的，在冠军、王毅律师的大力扶持下，很快地发展起来，九年的时间，自己在所里也混成了老律师，对大地人律师事务所和给予过我帮助的律师，我一直怀着一颗感恩的心，我做梦都想回报大地人律师事务所，回报如我当年一样新入行的律师，我一直认为：人只有有益于社会、能够有助于人，才能体现自身的价值，才能赢得社会和他人的尊重。

帮助年轻律师尽快地发展，对我来说可能是一种奢望，自己在律师界尚且立足未稳，何谈帮助他人。但对年轻律师，我始终怀着一颗关爱的心，友善地对待他们，日常理所当然的尊重、一句普通的问候，对他们可能也是一种激励。他们怀抱理想，或大学毕业后不作其他选择、或辞去赖以养家糊口的工作，毅然决然地投身到律师行业，忍受着寂寞和无助。

所里的年轻律师一茬又一茬，现在年轻律师的发展空间越来越狭小。今年所里又招入了几名实习律师，其中一个跟着我实习，在淄博的律师事务所中，实习律师在一年实习期内基本都没有工资，在我们所也如此。实习律师小陈，从山东机器厂辞职，家住博山，在九级村租房居住，白天在所里上班，每天晚上给得益乳业配送点分牛奶三个小时，一个月500元，靠这点钱维持生计。

跟我实习的小贺，是个青春女孩，从山东理工大毕业两年了，仍租住在理工大，晚上和周末给中学生补习英语赚点生活费。跟我实习时，正好我签下一个保险公司做顾问单位，小案子很多，她帮着出庭，我也从收费中每月拿出一点资助她。今年第一次冷空气来时，保险公司有个案子上午九点在高青开庭，我有事无法分身，需要她去，这么远的路，她七点半就要从理工大动身，中途还要倒一次公交车，在那样恶劣的天气，她去我真的不忍，心里不免自责。头天下午我去保险公司汇报工作，公司法务人员告诉我可能第二天要去高青办事，顺便可以去开庭，我激动地说：我正在犯愁呢，你们去太好了，有车方便。临近下班，我给保险公司的法务人员打电话落实，回复说还要请示领导是否第二天去高青，领导在开会，什么时候开完不一定。我的心一阵忐忑，几近央求：最好你们去，明天天很冷，一个女孩子那么早赶公交真的很受罪！对方说定下来电话通知我。那天一晚上我都在等电话，临睡关机，电话也没响，我失望至极。第二天七点醒来开机，一条短信：明天我去高青。信息是昨晚十点以后发的。我真有点欣喜若狂，赶紧拨打小贺的电话，告诉她这个好消息，打了几遍都没开机，我给她发了个信息，告诉她不用去高青了，发完信息怕她看不到，还不时地拨打她的电话，七点二十，电话通了，小贺睡意懵懂地说：信息看到了，我再睡一会儿。大冷的天，躺在温暖的被窝里，不用起早去赶车了，我能感觉到小贺单纯的幸福，我心里也涌起一丝暖意。

在所里，年轻律师大多喊我“王哥”，也有的喊我“王老师”“王主任”，我有时不敢面对他们渴望的眼神，我常常因为无力帮助他们而感到内疚，我在心里一直默默地祝福他们，我也努力善待他们，他们是大地人律师事务所的未来和希望，也是我们律师界的未来和希望，我希望他们能在温暖如家的环境中快速成长，我也希望有一天他们成功时，能如我一样对年轻的后来者怀有一颗关爱的心。

2009年10月10日

小康律师

2000年，在我准备从国企辞职的那年，大学同寝室四载同窗挚友移民去了加拿大，他所在的南京蓄电池厂破产后，到深圳混了两年也没什么好机会，于是一赌气在家学了一年英语，考出雅思，带着老婆孩子到国外混去了。临别时打电话和我道别，说不行你也去国外吧，加拿大技术移民政策很宽松，按照我们的年龄、所学的专业、毕业的学校，考过雅思就可以，你的英语比我好，没问题。我和他开玩笑，我说不行，我学了四年化工，干了十二年，已经痛心地扔了，我又用了四年时间自学法律，拿到了本科文凭，出国用不上，不能再扔了，人生苦短，我的事业在中国！

80年代学工科的大学毕业生命运多舛，境遇不好的很多。也是大学我同寝室睡在我下铺的好兄弟，毕业分配在烟台手表厂，企业不死不活，他也跟着不死不活，至今仍孑然一身，年初我办案到烟台，抽空去看他，他要请我找个饭店坐坐，因是下午两点多，不是饭店的营业时间，转了几个小餐馆都关门，路遇一咖啡厅，我拉他进去叙旧，这样的场所不属于他，他从未曾涉足，在门前踯躅不前，落魄之态让我几欲落泪。

自己初做律师的心态很不好，一是生活地位的落差比较大，从一个1500多人企业的生产处处长，到一个当时不足20人的律师事务所做实习律师，更重要的是独闯江湖的无助、委屈常常让自己很受伤；同时因为无缘无故被免职，赌气从企业辞职出来，离开时和领导说的话就是离开你们我照样活，内心想一定要活出人样来给他们看看，无形中给自己增添了巨大的压力。但出来混谈何容易，从做律师的那天起，种下了病根，挥之不去的忧虑一直伴随自己的职业生涯。

十年努力，尽管现在每年的收入和那些老板律师、富人律师比起来差得很远很远，但也算是小康律师了，说实话按党和国家标准，是实实在在的小康，绝不是“被小康”。但这小康是勤奋工作的结果，更是勤俭节约的结果，这么多年没买房子、没换车，能体现小康生活水平的，也就体现在每年的旅游上。单说今年，近处游玩的不算，一家三口烟花三月下了一次扬州，大运河、瘦西湖、个园、何园……流连忘返；春夏之交的六月，到上海看看世博，顺便带孩子参观一下著名学府复旦大学、登临明珠塔、专程坐坐磁悬浮列车，感受一下大上海的现代化；暑假期间全家又随团去了趟韩国，济州岛、清溪川、青瓦台、临津阁，体味一下韩国的风俗、饮食文化；过几天已敲定带孩子去香港迪斯尼乐园玩，这也是早早答应孩子的，一直没有合适的时间，再不去，孩子就大了，可能就没兴趣了。“读万卷书，行万里路”，这是我的生活理念，也是我培养孩子的目标。

说起游玩是轻松的，谈及工作乃道不尽的辛酸。就说前段时间去济南一家公司拜见老总的经历吧，事先约好了，大清早赶过去，刚见面，说一会上级领导来检查工作，抱歉，改在下周谈。问及公司的引荐者，如何再约老总？告知老总忙，不一定什么时间在公司，不好约，约了也没用，公司周一8点半开例会，老总应该在，你可以来见。到了周一，七点动身，九点赶到，老总刚走，电话打过去，抱歉，明天再见吧！周二早六点天不亮就从家启程，不到八点就守在老总办公室门口了。老总终于见上，答复是法律服务一事年底再议。这个业务还不知要跑多少趟，结果如何也难以预料，但愿心诚则灵，付出能有回报。

工作苦点、累点无妨，工人阶级出身，吃苦耐劳，关键是做律师没有保障，这是我不习惯的，哪怕少挣点，我渴望一种稳定、有保障的生活。在律师事务所，律师一人一本账，完全自负盈亏，账上有钱就发工资，没钱就对不起。律师有时就是靠天吃饭，今年能接到案子，就挣点钱，明年接不到案子，就没钱。今年小康，明年能小康否？就我个人而言，一年的应酬费、通信费、养车费、社会保险费等等，再加上作为合伙人在所里分摊的费用，收费不过10万想拿应税工资都困难。年轻力壮时能干点，但现在四十好几已经不年轻了，谁知哪天干不动了？今年年初所里组织查体，发现心脏有毛病，赶紧给女儿买了个两全人寿保险，每年保费两万二，连续交十年，从交纳第二期保费始每年有5000元的利息给付；同时投保了保费豁免附加险，也就是我作为投保人，如果发生意外或疾病身故，以后的保费豁免，视同交纳，这样，一旦我英年早逝，至少能给孩子留点生活费。

上周六正在所里参加集体学习，手机上一个显示“未知”的电话打过来，接听后传来的是熟悉的苏北普通话，是远在加拿大的挚友，问往家里打电话怎么不在家，我说在单位，他不解，周六还要上班吗？我说你出去十年了，忘了国情。该仁兄现就职于多伦多一家计算机公司编程序，收入在加国算是中产了，自豪地向我炫耀，我们这里每天八小时工作制，你们上班，我们睡觉，你们睡觉，我们上班，早来早走，晚来晚走，不考勤、不打卡，周六、周日休息，还有年假，生活很轻松，没有任何压力，一对儿女整天无忧无虑地玩，不像国内奥数班、英语班、特长班……说起来还挺了解国情的。同学的轻松心态很让我艳羡，那种心境，那

种舒放，才是我梦寐以求的。有保障的社会，无后顾之忧，精神松弛、心情愉悦，这才是真正的小康。

做律师十年，尽管自己生活无虑，尽管家庭在物质上现在达到了小康，可忧郁的性格没改变多少，愁绪如李清照的词：“此情无计可消除，才下眉头，却上心头。”诗人艾青说：“为什么我的眼里常含泪水？因为我对这土地爱得深沉……”我常常自问，为什么我总饱含忧虑？答案是：因为我们的社会还远不到小康，因为我的小康无保障，因为我身边还有许多人仍远离小康，他们在为生存算计、奔波，他们是我的同事、朋友、兄弟姐妹！

2011年3月2日

十年无悔

30岁之前，曾经有过许多理想，也曾对自己的职业有过许多规划，但做梦也没想到自己会做一名律师。从中学时起，就想做一名企业家，那时的抱负宏远，立志“实业强国”，所以高考时填报志愿都是工科院校。1989年大学毕业分配到淄博石油化工厂，先是倒班实习两年，然后就技术员、工程师、车间主任、生产处处长，一路顺风顺水。当初自学法律，也是想把自己塑造成一名懂法的企业家。1997年企业被齐鲁石化兼并，就地被免职时还不到30岁，虽然后来因为跟齐鲁石化派来的领导较劲，赌气从企业辞职出来做律师，但做律师实非所愿，一直以为只是个过渡，期间曾两次应聘到企业，至今听说有到企业发展的好机会，内心仍不免蠢蠢欲动。

转眼做律师已十年，当坐在电脑前考虑该写点什么总结一下的时候，首先涌上心头的词句是“十年磨一剑”，其次是周总理的“面壁十年图破壁，难酬蹈海亦英雄”。尽管已经做了十年执业律师，但说实话自己很不职业，虽说律师事务所的法律定位不是以营利为目的，但毋庸置疑，现实中律师和律师事务所已经与企业、公司等商事主体混同，为了生存，为了发展，必须在商言商。

“先做人，后做事”，这是场面上很多人标榜自己的一句话。“做律师，先做人”，也是大地人律师事务所的所训之一，但做律师如何先做人，每位律师却有不同的理解。外界曾有揶揄律师的话说：律师看一元钱跟月亮那么大。我想说的是，作为一个群体，律师可能不比任何一个行业高尚，但也绝不比任何一个行业卑下；作为律师群体中的每个个体，滚滚红尘，清者自清，浊者自浊。

执业初期办理过一个刑事案子，一个朋友因为商业受贿被检察官从家里带走，起初他的家人碍于脸面没有声张，过了两天才给我打电话告知我情况，我立马备齐手续到检察院打探消息，朋友已经依法被采取了强制措施。在随后的日子里，去看守所会见、与检察官交流、依法办理取保候审、到法院复印卷宗、提出辩护观点、写辩护词、开庭……案子虽然不大，但程序走下来也历时三个多月，他的家人屡屡谈到律师费，按收费标准，怎么也要三五千，但我分文未收。当时我做律师不久，举步维艰，每一笔律师费对我都很重要。爱人不解，我说：朋友落难，别说不能收钱，为了捞人，就是从兜里往外掏钱也是必需的。最后朋友被判了缓刑，家人很高兴，我们至今还是好朋友。我不知道，如果当时收了律师费，我们是否还能够亲密往来。

俗话说：君子爱财，取之有道。我非君子，但亦有道。钱，我所欲也，道义，亦我所欲也，二者不可得兼，舍钱而取道义者也。按常理，亲兄弟尚且明算账，朋友之间，生意归生意，友情归友情，但我总是把友情看得很重，凡亲朋故旧介绍来的案子，总是要打个人情折扣，有时能收的钱、该收的钱也免了。在我心里，做律师先做人，就是情意比利益重要。

“受人之托，忠人之事”，这句话是很多律师对外宣传的卖点，我相信每个律师的初衷和心愿都是好的，但话表白起来容易，践行何其难哉！特别是律师做久了，对当事人的委托，难免伴随着或多或少的懈怠。我常常告诫自己，警醒自己，宁可少接几个案子，一定要对每个经手的案子尽心尽力，善始善终。

2004年曾代理一个房产执行的案子，委托人是北京的一个部队退休干部，年轻时从淄博参军去北京，提干留在部队，在淄博娶妻生子，后老婆孩子随军去了北京，在九级村留有三间老屋，九级村旧村改造，用老屋的宅基地换楼房三套，与村委签订了“还房协议”。其弟弟以多年照管房子为由想要其中的两套，带领一大家人出面阻挠，村委以存在家庭纠纷为由暂停对委托人还房。委托人起诉村委履行还房协议，法院判决支持了委托人的诉讼请求，判令村委还楼房三套。由于委托人的弟弟又带领一大家人去村委闹，村委不愿意扯进家庭矛盾，遂拒绝履行判决，不给委托人还房。我代理这个案件的执行，接受委托时考虑到执行会有一定的难度，就签订了风险代理协议，暂未收律师费。我的判断还是准确的，案子到了法院，执行就遇阻，村委不配合，法院又难于强制执行，困难是履行标的不明确，还楼房三套，村里盖的楼房很多，哪三套不明确，法院不便贸然查封，怕引起村民闹事，牵扯老百姓的事，法院很谨慎，拖了半年，发给我一个债权凭证，案子搁置起来。在以后的日子里，我跑法院，法院没动静；跑村委，村委不理会。无谓的奔波，对自己的自尊心和自信心是很大的伤害。委托人但凡逢年过节都要打电话问候，虽很少谈案情，但本意不言自明，每次接到委托人的电话，都会勾起我无助的失落，让我的心情灰暗很长时间。我是个知难而退的人，自己的事情从不勉为其难，但别人的托付我却不能释然，多少次想辞去委托，别再让自己受难，但心里又不忍，因为委托人信任我，把所有的希望都寄托在了我的身上。有一年春节，委托人的女儿还专程来淄博，给我来拜年，给我女儿压岁钱，这年过的，出了正月心情都没好起来。

案子搁置几年，心里像有块

石头一样压了我几年。大概2006年，九级村委换届，换了新班子，新班子放话，旧房子还没拆，把旧房子拆了，我们就还房，这是协议上写明的。我这人信实，到村里实地查勘，在一片残垣断壁中，三间多年无人居住的破房子孤零零立在那里，我上去踹两脚，房子虽然破但挺结实，于是乎我就整天琢磨着怎么拆房子，雇个推土机把房子推倒、半夜浇点油把房子烧了……开发商能想到的办法咱也能想到，可没那个胆量去做，再者说违法的事律师也不能做呀！一直到了2009年，才等来转机，村里把那块地卖给了开发商，开发商要求村委完成拆迁，村委不得不动了，村委一动，战斗堡垒作用还是很大的。招数和法官调解案子的办法一样，这头压我的委托人，那头压他弟弟。案子起诉时三套房子的标的额是40万，时间过去了五六年，虽然房价涨了很多，但委托人的期望值没有跟着房价大涨，况且委托人年近70了，拖不起了，这是达成和解最主要的因素，老人同意了村委的意见，房子不要了，补偿45万。村书记亲自出马，带着村委成员和村里的顾问律师，我们一行六人去北京找老人签订和解协议。朴实的老人按惯例携子女宴请老家来的人，当一大家人围坐在一起，说着乡音，互称着老少爷们儿，拉着村史，数落起村里的张老三、李老四时，气氛融融，融化了老人和村委的宿怨，也融化了淤积在我心头多年的块垒。

律师和委托人之间往往不是一个单纯的交易，律师的付出和收费，常常也不是一个简单的对价，很多案子，虽然付出很多，可能并没有多少回报，但无论如何，既然律师接受一件委托、代理一个案子，就要尽到律师的责任，委托人选择的机会成本和信任，律师是必须考虑的。我觉得，一个律师要想在这行业立于不败之地，赢得当事人的有时不单是法律知识、诉讼技巧，更多的可能是对待每一个案子的投入程度和执着的态度。

虽说做律师是阴差阳错，但毕竟十年过去了，至今还在做着。想想自己走出大学的校门，在企业整整做了12年，尽管以失败的结局告终，但青春无悔。如今已人过中年，回首十年律师路，各方面成绩寥寥，我亦无悔。正如周华健的歌中所唱：“这些年一个人，风也过雨也走，有过泪有过错，还记得坚持什么。”做律师是需要经受住诱惑的，在一个行为失范的时代，能坚持自己不是一件容易的事。我庆幸在这个功利的时代没有迷失良知，我欣慰自己仍然真实，虽有过犹豫，有过动摇，但很多美好的东西我一直在内心珍藏。

2011年4月3日

难耐的岁月

所里的老办公楼出售了，楼是原来的合作人买的，2006年就闲置在那里，今天终于卖出去了，出售与否当然和我没有任何关系，但知道那处办公场所马上就要易主，我还是情不自禁地从行政办公室要了钥匙，在今天早晨上班的路上，绕道进入到那条记忆中的小巷——柳泉路西三巷，走上熟悉的三楼，费劲打开走廊那扇锈迹斑斑的铁门，踏着厚厚的尘土，挨个办公室走走看看，在自己曾经的座位前驻足片刻，逝去的岁月，一幕幕重现在眼前。

律师事务所是在2000年迁到那里去的，我到所里应聘时还在市少年宫的楼上，我至今仍清晰地记得当时到所里应聘的情景。1999年年底刚知道律考分数的第二天，我就迫不及待地找到大地人律师事务所，那时我就知道这一个律师事务所，不是因为其有名，而是律所发起人之一王毅律师的舅子和我曾在一个工厂、一个车间，知道我学法律，经常在我面前炫耀他能干的妹夫，所以我印象中淄博就这么一个律师事务所，当时也确实没有几家，具体在哪个位置在我决定去应聘之前也并不关心。

找到律师事务所，见到了崔冠军律师，我说我来应聘。我想可能是因为律师事务所不习惯这种无人引荐的上门推销，冠军主任当即说："我们所对进人要求很严格，不是每个来应聘的都要。"落魄之人伤不起，我闻言心想，爱要不要，我也不是非来不可，天津大学本科毕业，全市前五名的律考成绩，找个所还不小菜一碟。我这个人喜怒形于色，经过这么多年的历练，如今遇事仍面无遮拦。估计冠军当时看出了我的不悦，接下来的话让我很受用："如果你是人才，你不来我们还要动员你来。"后来的事顺理成章，先实习、然后从厂里辞职执业，一步步走过来。那条小巷、那座小楼，承载了我太多的沉重的记忆。

初到所里实习，还保持着在企业时的良好习惯，每天早早到所里拖走廊，长长的走廊应该有50米，我腰肌劳损，拖个三五米就疼得直不起腰来，拖一遍走廊要半小时，但就是这样也坚持拖了大半年。实习时我还没从企业辞职，不是每天都到所里去，但凡每次到所里，总会有早入行的律师交给我代理词、辩护词之类的材料让我打，那时电脑不普及，所里就一台或者两台电脑，上班时间根本排不上号，我就拿回家打，那时一分钟就打几个字，为了交差，经常打到深夜。在企业时大小当过几年领导，打字的活真的没干过，也不喜欢干，这件事最让我深恶痛绝，所以我混成老律师之后，从未让年轻律师给我打过材料，当然，一是我打字的速度练出来了，二是我也不会用笔写字了。

到了2000年6月底，女儿呱呱坠地，岳母伺候完月子就走了，时值酷暑季节，我每天中午回家给夫人做饭，骑自行车顶着正午的烈日，往返一个小时，也不知那时哪来的劲头，以至到现在夫人还念念不忘：你看你那时表现多好，照顾我们娘俩，现在回家就知道躺在沙发上看报纸，啥也不干。

2001年开始执业，就从企业辞职出来了，起初的四五年，寂寞难耐，真的是“往事不堪回首月明中”。

那时的我是无助的。最多的记忆就是守株待兔一样每天待在办公室里等着上门的咨询者，办公室有很多律师，偶尔来个咨询的，自己不好意思争抢，也就被别的好意思的律师截留了，就连电话咨询也被守着电话机的律师抢去了，这种事有时还引发律师之间的不睦。我骨子里有一种说不出道不明真真假假的清高，什么不为五斗米折腰了、什么君子羞于言利了，古时穷酸文人的论调常常被我奉为圭臬，故作清高的我只有每天坐在办公室里无所事事，说是在看书其实根本看不进去。

那时的我是寂寞的。工作时间办公室虽然沉闷，但总有些人气，每到中午，大律师可能总有应接不暇的应酬，家近的同事都回家吃饭去了，不回家吃饭的律师也呼朋唤友找地方聚餐。律师谈不上什么君子，但律师之间的交往却真的是淡如水，我的朋友都在企业里，除了工作十多年的企业我也没地方去，已经给女儿请了保姆，我也不必大老远往家跑了。午休时分，偌大的办公室常常就剩下我自己了，落寞常常难以排遣，想起那条小巷，浮现眼前最多的就是自己形单影只买午饭的情景。律师所临街的那条小巷是一个居民小区的主通道，小巷两边尽是买卖店铺，小巷的尽头是一条小吃街，我每天的午饭都在那里解决。还清晰地记得当时吃得最多的是一个家庭的饭摊，摊主应该是一对老夫妇带着一对小夫妇。年轻的丈夫掌勺，其余三人卖饭卖菜，每天一到吃饭时间总是聚着一大堆人，我也跟着挤挤擦擦地围着，每次买饭，总是努力要求那位老先生给我盛菜，因为他总是习惯地多给点。我喜欢吃博山酥锅，每次买博山酥锅，盛完了总还是再找块鱼或者肉给我加上，轮到两位女士给我盛菜，不仅量少，也是绝没有加鱼加肉的待遇的。

那时的我总是没来由地感伤。小巷两边长着高大的杨树，这是一条老巷子，只有老巷子才有这种高大的杨树。我是喜欢杨树的，特别是那成排成片的杨树，无论是在天津大学读书时，还是后来在山东大学读法硕，校园里都有成片的杨树，我喜欢在杨树林里逗留，有时也假模假样地拿本书在那里读，或许心底总期盼着一个美丽的邂逅：“逢着一个丁香一样地结着幽怨的姑娘”。自然，生活中什么浪漫的故事也没有发生，但一种悲天悯人的情绪却深深地根植于我的内心。那条小巷里总是来往着行色匆匆的陌生人，即使有一两个熟悉的影子，也并不认识，只是见的次数多的缘故，在喧嚣闲适的市井生态中，我常常感到莫名的孤寂。每年的四五月份，那条小巷的空中总是飘满杨花，杨花落到地上，在路牙石边聚成一团团，棉絮一样，每到这时，涌上心头的更是些伤春的诗句。

2006年5月，所里迁到了现在的办公地点，原来的办公室当然就不去了，但有时请朋友吃饭，还愿意选在那附近的熟悉的小店里。老办公室的钥匙我还是随身带着，中间去过几次，但仅仅是在楼下默默注视片刻，并没有走上楼去，随着时光的流逝，原来的办公地点慢慢地就淡忘了，办公室的钥匙也不知道什么时候被我扔掉了。

转眼搬来新办公室已经五年多了，看到所里一大群如我当年一样诚惶诚恐的年轻律师，心里总不能释然，他们的存在，也更多地让我想起自己的过去，我在心里祝福他们，我也想让他们知道，做律师总会有那么一段难耐的岁月，如歌中所唱“没有人能随随便便成功”，看现在场面上的律师虽然宝马香车很风光，但风光的背后，大多是沧桑。

2011年7月10日

新加坡印象

因新加坡一家公司（中国移民设立）拖欠顾问单位一笔货款，前年去了趟新加坡，那也是我的第一次走出国门，对异国他乡的人和事，自然有很多新鲜感，可新鲜过后，还有一些印象总是萦绕在脑海，使自己有一种倾诉的欲望，这种不吐不快的感觉促使我敲打出下面的文字。

倍感亲切的城市国家

新加坡陆地面积647.5平方公里，人口近400万，与淄博市的土地和人口大致相当，是一个多民族的“城市国家”。新加坡的朋友安排我们住的地方远离市区，小旅馆的四周都是高大的棕榈树和椰子树，绿树掩映下是一幢幢朴实无华的住宅，这些住宅在我们国家称之为别墅。这里的气候和植被和我国的三亚差不多，因去过几次三亚，初到新加坡便有似曾相识的感觉。

新加坡人口的77%是华人，而且都能说比较标准的普通话，这使得我们来这里更没有到了国外的感觉。特别在一些餐馆，服务人员多是中国大陆来的打工者，更让你感到这就是一个中国的城市。

我的一对师兄妹夫妇俩在新加坡南洋理工大学教书，他们已经在新加坡生活了十多年，请我们吃饭，和他们谈起我的这种感觉，他们也很有同感。并和我们说了一件趣事：一次他去欧洲一个国家参加学术会议，与外国人聊天，他告诉人家自己来自新加坡，对方竟问他新加坡在中国的什么地方。

没有校门的新加坡国立大学

我们住的小旅馆名字叫Pasir Panjiang Inn，步行到新加坡国立大学十多分钟。新加坡国立大学始创于1905年，是历史悠久的世界级名牌大学。师兄妹来旅馆拜访我们时就建议我们去参观一下，并告诉我们这所学校没有大门。

一个闲暇的上午，我与国内同行的朋友前去拜访景仰已久的这所大学。学校的前身是殖民地时代英军驻新加坡巴西班让（Pasir Panjang）空军基地，整个校园建在一个绿树掩映的高地上，犹如一个巨大的城堡似的独立王国，四周被繁忙的公路围绕，沿公路有车道进入校园，校园还有许多过街天桥与外界相通，所有这些进入学校的通道都没有门，当然也没有围墙。偌大的校园也没有什么标志性的建筑，以至于我们想找个有纪念意义的地方留影都找不到。

这么一所名满天下的大学，却有着朴素的心态，凸显一种务实的学风。相比我们国家，古之传统就喜欢立牌坊，这种庸俗的风气也深深影响着教育界。学校的教科研水平先不谈，大门却一个比一个雄伟、漂亮，浮夸、张扬之风流弊甚广，不用说大学，就是一个中学，建个校门花个百八十万也很平常，总想借助大门的气派来提升身价。没有校门的新加坡国立大学犹如一个举止端庄的大家闺秀，徒有壮观大门没有内涵的国内学校就像一个油头粉面的市井暴发户，一所疏于内修的大学，即便有天安门、凯旋门做校门，又能影响几何？声名远播的大学，靠的是世界领先的学术水平和严谨的学风，国内的很多大学时下在追求一种假大空似的虚假繁荣，应该引起国人的深思。

守法的新加坡公民

新加坡的法治是举世闻名的，国民的守法意识也与我国不可同日而语。我们住的地方远离市区，通往市区的公路上车来车往，公路上间隔一段距离就画有方便行人过街的斑马线，行人都自觉从斑马线过街，没有人乱穿马路；由于行人不多，在过街斑马线处，大都没有交通信号灯，每当我们小心翼翼左顾右盼观察车流准备过马路时，双向行驶的汽车都会突然戛然而止，回回吓我一跳。在新加坡，法律规定司机要主动给行人让路，这一点在我离开新加坡时也没有适应过来。

新加坡的汽车收费情况也让我印象颇深：在新加坡，无论你的车是行驶还是停止，都要交费，费用是直接交给政府的。新加坡的汽车都装有自动缴费装置，所有的收费公路、商业区的停车场都自动收费，就如我们现在高速公路的ETC通道。师兄请我们到一个居民小区附近的饭店吃饭，将车停在小区停车场，从车里拿出一种他们称之为“固本”的停车票自己“检票”交停车费，让我感到很新奇。原来，在新加坡，非闹市区的露天停车场一般没有自动付费系统，需要车主买一些面值5毛、1元、2元的停车票，随车带着，在这些停车场，就要根据停车时间的长短，自己“检票”。居民小区附设的停车场，本小区的居民都按月租车位，有专供外来人的停车位，但要自觉按规定对停车票“检票”，新加坡人都能自觉地根据停车的时间长短“检票”付费。

我在新加坡停留的时间很短，印象也只是浮光掠影，期间造访了中国银行新加坡分行、华侨银行总部、新加坡警察总署，还接触了两家带有黑社会性质的讨债公司，新加坡人的文明程度让我感慨万千，即使是长相比较凶的讨债人员，和我们谈起话来一样彬彬有礼。文明的国度，文明的国民，中国要走的路还很长。

2011年8月28日

纠结的律师

“穷则独善其身，达则兼济天下”，是我的人生信条之一，尽管常念叨“位卑未敢忘忧国”，但毕竟处庙堂之远，也只能力争“淡泊明志”了。好在不为官，说话可以口无遮拦，也无须粉饰自己的光辉形象，或许人性都喜欢标榜自己，本人亦然，但实无其他可供夸口之处，便时常以自己的人品为傲，但社会都这样了，如果说我多高尚，肯定是自欺欺人。我只是不甘随波逐流、不甘沉沦，所以在物欲横流的当下就很纠结，在清高与世俗之间徘徊，在理想与现实之间摇摆。

我骨子里有一种浪漫，喜欢轻吟徐志摩的《再别康桥》，渴望走进戴望舒的《雨巷》，憧憬“我有一所房子，面朝大海，春暖花开”。造化弄人，做了律师，律师注定是现实的动物，你故作清高可以，如果真清高，律师就别做了，做也只有死路一条。其实我每天也是在为钱奔波，为钱苦恼，为钱心绪不宁，在挣钱与休闲之间我常常纠结。挣钱的欲望有时很强烈，但偶尔遇到一个挣钱的大案时却意兴阑珊，好像还清高。今年暑期，按计划驾车回东北老家度假探母，时值冠军主任在谈一大案子，不想让我走，劝我说案子能收二三十万，想让我办理。尽管我毅然地说：多少钱也不挣了，家中老母盼着呢！其实，心里也纠结了好多天。我是个很保守的人，从来没想过意外之财，至今为止还没买过任何一只股票，平生只买过一次彩票，还是无意路过一彩票代售点，发现店主是故人，算是凑兴也算是捧场，买了两张，当是赞助福利事业了。我没有很强烈的物欲，从来也没梦想自己有很多钱，社会都认为律师挣钱，你要说你没钱，10个人有10个人说你矫情，全世界可能就妻子知道我们真没钱，当然还需要她确信我不藏私钱。当今社会，一个不想挣大钱的律师肯定成不了大律师，挣大钱从来就不是我的理想，但我又是一个渴望拥有成就感的人，此生注定不能成为一个万众瞩目的大律师，有时想想就很懊丧，懊丧之余，只有咏诗颂词聊以自慰。

“采菊东篱下，悠然见南山”，我喜欢的是这样恬淡的生活，日出而作，日落而息，不喜欢四处奔波，我至今仍怀念自己在企业上班时的简单，回想过去，恍若隔世。有时周末，静静地坐在办公室里一天，午饭也懒得出去吃，物我两忘，就像现在有感而发地记录自己的感受，这样的感觉真好。律师这行当，逼良为娼可能言过其实，但身为律师，你不得不在社会各处张扬，想方设法出人头地，挖空心思使自己光芒四射，这些不是我所愿意的，我不擅长在大庭广众之下侃侃吹嘘，偶尔在一些场合，曾经的同事、故旧提及我真实的还算灿烂的过去，自己还觉得面红耳热。我信奉的是“桃李不言，下自成蹊”，总觉得做出了成绩，别人自会看到，无须大吹大擂，可是你不宣扬别人怎么会知道你呢？你不拔高自己怎么能在众多的律师当中显示出你呢？于是我就纠结，纠结在内敛与高调之间。

洪晃评论他当过新中国外交部部长的继父："我觉得乔冠华当官的时候是一个很纠结的知识分子，不当官的时候，是一个纠结的宦官。总而言之，挺纠结的一个人。"看来不仅普通百姓纠结，高官大儒一样纠结，做律师纠结，做其他行业也一样纠结，"生活像一团麻，总有那解不开的小疙瘩"，纠结就纠结吧，日子还得过，调整心态，淡然处之为上策。

2012年9月5日

大律师的外延

做了十几年的律师后，经常在一些社交场合被人恭维抑或真诚地称为"大律师"，对这样的评价，我真的是不敢妄加受用的，于是就自嘲一下"年纪是不小了"，以消除自己的尴尬。但在内心深处，还是渴望成为大律师的，但什么样的律师才是大律师呢？界定它的内涵还真的不容易。尢妨先从它的外延探究一下。

曾经有几次别人问我，你们律师是不是分级，遇到这样的垂询我常常汗颜，因为看最高法院的法官介绍，知道有一级大法官、二级大法官，至于是根据官大还是学问大任命，没有深去研究，想想应该是根据官职，不过在我国，一般意味着官大就学问大。律师也有一级律师、二级律师，对于律师的分级是否全国都一样，我亦没有太多的考证，至少身边有一级律师、二级律师，每年所里都要贴出告示，通知准备评职称的律师参加人社局组织的继续再教育考试，过些日子又贴出告示通知申报材料参加职称评定。遗憾的是我从来没有参加过申报，早期还被强制过参加"再教育"考试，后来"强制法"改为了"任意法"，我就对"再教育"再也不关心了。关于律师的评级自己不是没有考虑过，只因为出来做实习律师时就33岁了，从四级律师起评，没等评到二级我就该退休了，退休也混不到一级"大律师"，所以也就死心了，索性做个无级或者算是五级律师吧。去年开会遇到一律师同行，和我同龄、同一年高中毕业，但人家读的中专，毕业就到司法局做了国家干部身份的律师，我那时还在读书，大学毕业后又在企业做了12年，仰望人家已是一级律师了，无形中显得我矮了一截，我只有尊其为前辈，一级律师应当是可以称为“大律师”的。我知道英国的律师分为事务律师（solicitor）和出庭律师（barrister），因出庭律师对学历有较高的要求，且考核严格，因此我国有人干脆将其翻译为“大律师”；出庭律师经过大法官的提名，可被王室授予皇家大律师（queen's counsel）的称号，这肯定是实至名归的“大律师”。相反我们国家的法律没有这样的限制，律师统称lawyer，体现了法律面前律师平等的原则，你就是一实习律师，只要有人信任你、聘请你，你完全可以在最高法院的法庭上慷慨陈词，挥洒热血。可能有人觉得不公平，我做了十年律师还不知道最高法院是在南京还是北京，你一小小律师竟敢跑去撒野了，所以愤愤然，于是在网上经常有这样的消息，哪个律师向最高法院建议应该规定执业十年以下的律师只能在高院以下的法院出庭，且附和之声不绝于耳。套用一下流行语：元芳，你怎么看？

众人眼里最通常意义上的“大律师”，应该是挣大钱的律师，挣了大钱，就可以豪宅名车地示众，然后再活动个人大代表、政协委员，大律师的身份就更加堂而皇之了。这种概念上的大律师，还是有现实意义的，至少给国家纳了不少税。一般挣了大钱，就总有一帮年轻的律师追随，众星拱月，想不承认自己是大律师都难。

我自小喜读圣贤书，骨子里信奉“万般皆下品，唯有读书高”，鉴于对知识的尊重，所以对学者型律师较为推崇，但真正能做到学者的律师不多，沽名钓誉者不少，也包括我，总想给自己披上一件某一领域法律专家的华丽外衣，其实充其量也就是某一类案子办的比别人多了点，积累了些许胜诉和败诉的经验而已。经常参加各级律协组织的律师培训学习，某些知名律师也常常亲临授课现场点拨碌碌我辈，毋庸讳言，华而不实者有之，但真才实学者也真有，那些满腹经纶的律师，我心向往之。

李庄案第二季，在网上看到了上海律师施伟江的辩护词，真正的言之凿凿，振聋发聩。辛亥革命，虽然推翻了封建统治，但我国的封建思想在一定程度上还是根深蒂固的，五四运动的一个口号就是追求“德先生”（democracy民主）和“赛先生”（science科学）。抛弃私利，为了社会的进步，义无反顾地反对专制，是真正的强者。“正义虽然不在当下，但，我们等得到”。读完施伟江律师的辩护词，我在网上留言评价：“前有施洋，今有施伟江，乃中华律师之脊梁。”为了正义、为了维护法律的尊严，不惜献出生命的律师，是真正的大律师。

静下心来想想，自己与种种大律师都相去甚远，未免对别人的客套太过认真了，其实别人并没有把“大律师”当回事，自己就更不要当回事了，就像当下“美女”“帅哥”一样，“大律师”通常也就是律师的普通称谓，货真价实的，真的凤毛麟角。

2012年10月3日

追梦无悔

昨天，在山东理工大学杏园宾馆，大地人律师事务所2012年律师发展论坛暨年终总结会开了整整一天，论坛的主角是年轻律师，他们激扬青春，挥洒热情，或述说苦闷；他们直抒胸臆，畅所欲言，或诚惶诚恐。每位年轻律师倾情演讲后，由老律师诚恳地给予点评。通过思想的交流和智慧的碰撞，给我很多启迪，也让我正视一些过去熟视无睹的现实，思考一些平时漠然置之的问题。

年轻律师或怀揣对律师职业的景仰，或仅仅迫于谋生的需要，走上执业律师的道路，他们都有着一个成功的梦想，我们现时处于一个功利的社会，对于当下的年轻人，成功就意味着豪宅靓车、风光人前。一个年轻律师说得非常好，大学毕业，考公务员、到公司做职员，那是就业；而做执业律师，却是创业。此言甚是！在中小城市做律师，常态是没有固定的薪酬，做一个执业律师，不仅需要有娴熟的专业知识，良好的职业技能，还必须拥有丰富的人脉资源，建立自己稳定的客户，因为每一个律师都是一个独立的经济体，实际上律师事务所也是给每一个执业律师建立一本账，账上有钱就发工资，没钱就没工资，年轻律师普遍的感觉是每日无所适从，朝不虑夕。既然认清做执业律师是创业，那么如同其他行业的创业者一样，真正的成功者自然寥若晨星，泱泱执业律师，收入不如公务员、国企员工者逾半，环顾执业律师群体，能有公务员一样稳定的进项，在当下就不能不谓之成功了。

论坛上，一个执业逾五年的年轻律师异常消沉，表露心迹深感前途无望，为避免悲观情绪感染众人，我点评时送了一首励志的诗：“朝为田舍郎，暮登天子堂，将相本无种，男儿当自强。”但我不能自欺欺人，残酷的现实是，毕竟有为数不少的年轻律师面临生存危机，已经不断地有执业律师被迫转行到公司、企业去做法务人员，他们转行，不是因为遇到了更好的发展机会，只是因为他们做执业律师已无法生存，不得已而为之。还有更为残酷的现实，和我一起入行，执业逾十年的律师，面临被淘汰窘境者亦不乏其人。现在，每家律师事务所都有大批的年轻律师执业，这源于前几年社会的法律热和高校扩招，源于公众对律师收入的过高揣测，也源于法律学子意欲固守在司法界一展身手的梦想。也许，随着执业律师竞争压力的增大，生存空间的压缩，会有越来越多的法律学子放弃选择做执业律师创业的道路，而更多地选择就业的途径，那时，执业律师的转行也会司空见惯的。

年轻律师是执业律师的未来，是每一个律师事务所的希望，对于年轻律师的梦想，我们更多的应该是呵护和鼓励。就我个人而言，对怀揣梦想的每一个年轻人，我都充满敬意。尽管我清楚，不可能每一个人都能梦想成真，但有梦想是每一个年轻人的权利，为自己的梦想努力过、奋斗过、哭过、笑过，这就足够了，这就是生活，我们不一定要成功，我们只要过自己选择的生活就好。虽然我明知众多的执业律师必将碌碌无为，但在他们的梦破灭之前，我愿意他们满怀一颗憧憬的心，人生活在希望中是幸福的，我也更愿意相信有志者事竟成，希望在他们追梦的路上，我不仅仅是加油鼓劲，更希望有能力伸出援手，助一臂之力。海子的诗就是我一贯的心境：陌生人，我也为你祝福，愿你有一个灿烂前程。

2013年1月1日

双学历的困惑

在淄博化工行业管理办公室做主任的师兄约一老板吃饭，介绍我认识，老板是淄博一家较大规模化工企业的董事长，我闻其名已近十年，一直无缘结识。律师参加社交场合，当然是想推介自己的法律服务。

酒席只四人，我与师兄，老板带一部下。刚落座，老板和其部下简单客气地恭维了一下我从化工专业跨行做律师的履历，但随后话题就转到了老板企业的发展，因对化工行业我也不陌生，算是同业中人，席间可谓相谈甚欢，只是于我来说，有点跑题，当然自己有自知之明，这种场合话题的主角不可能是我。老板知道我和师兄毕业于天津大学，真诚地盛赞天大培养的化工人才的实力，这对我和师兄还是很受用的。老板的公司总部在北京，也常住北京，全国各地有多家化工企业。谈及在天津的一家工厂，老板说牵扯自己太多的精力，正在物色得力的总经理。我不知道师兄与老板是否有预谋，是否是借机考察我，酒席散后我还没打上出租车，师兄的电话就打过来了，说老板想聘我做总经理，年薪25万，年终有奖金。当然薪酬对我没什么吸引力，但做企业的欲望时时挑拨我不安分做律师的心，遇到合适的机会总不免跃跃欲试，虽然立马表示拒绝，但内心还是折腾了几天。

我是1999年考出律师资格，2000年在大地人所实习，2001年做执业律师，也是2001年正式从国企辞职，但当时辞职并不是为做执业律师。也是上述师兄，当时他在临淄做分管工业的副区长，知道我在国企受到打压，推荐我到一家化工企业做分管生产的经理，因做实习律师饱经落寞，对做执业律师的前途也充满困惑，我毅然到私企去拿当时5000元的高薪。但过后看，

这5000元的高薪真不是白给，说是生产经理，其实兼车间主任、兼工段长，因为厂子除了倒班工人，就三个常白班人员，我、一个保管、一个打杂的办事员。当然这所谓的厂还不如我在国企时的车间大，想当年我当车间主任，车间有一个健全的班子，设备副主任、工艺副主任、设备技术员、工艺技术员、安全员、保管员、统计员，还有工段长，而且倒班工人大都化工技校毕业，操作水平也是专业的，虽然我的干劲足以评个劳模，但毕竟一大帮人各司其职。在私企，里外就我一个人带领一帮工人干活，工人也以周围农村招的毛头小伙为主，对化工操作根本不懂，我费心教导他们，刚教会不久，上夜班睡觉被老板发现赶家去了，再招新手。我大概是5月份去的那个厂，干到年底，累得我身心疲惫，辞工回家不干了。过春节，老板带着年礼来拜年，许诺我进董事会、给我股份，说企业发展前景好，我们一起做成上市公司，因我对那个纳米氧化锌的项目也看好，想想真的经自己的手做出一家上市公司，这辈子也算是功德圆满。我这人不适劝，几句好话就足以让我肝胆涂地，遂在家休整两个月后，再投罗网。我住张店，厂子在临淄，要倒一次公交车，来回路上少说三个多小时，我是早6点晚6点，冬天两头见繁星，有时人少公交车不跑了，我要徒步走半个小时才能到主公路，再等半小时或许能打到车，晚8点到家也正常。当时聘我时，老板答应给厂子买个车，早晚我开着上下班，白天做公务用车，但那时企业资金确实紧张，工人发工资都难，我也不好张口要求兑现。新产品的销路一时打不开，生产装置停的时间长，开的时间少，我整日待在处于荒郊野外的厂里无所事事、度日如年，硬着头皮干到2002年的8月份，身心再受重创。

正在律师所准备不给我的执业证年检时，我回归了，不过我也挺舍不得那个厂，2002年剩下的日子我也没正经做律师，就是悠闲地到所里看看，然后再回到厂里玩玩，真正的“疗养式休假”。实际我真正以律师为业，是从2003年开始，当然期间也是寂寞无助，对于最初做律师的那段经历，我曾写下了《难耐的岁月》一文。时至2005年，还是那位仁兄，又把我介绍到一个化工企业，当时诱惑我的理由就是，做总经理，还管着财务。我虽然在企业工作的时间不短，但还真没过过做总经理的瘾，经其反复劝说，于是勉强同意，也算尽职尽责地做了半年，虽管着财务，但额外的报酬和利益我分文不取。

那些看重我化工专业履历的老板，可能对我的法律专业不屑一顾，或可能认为我半路出家肯定学业不精，反正没人找过我提供法律服务。我一直把自己的双学历作为自夸的资本，还堂而皇之地印在名片上招摇，但双学历真的没给我的律师执业带来什么帮助，反倒总惹得我不能全神贯注地做律师，这可能也是我做律师不够出色的主要原因，总觉得做不好无所谓，反正自己有退路，也许哪一天我彻底地打消了去企业发展的念头，做律师才会风生水起。

2013年2月7日

志不在此

做律师10多年了，一直都很困惑，总觉得志不在此，可从2001年执业至今，已在此道沉浮了整整12年，1989年大学毕业后，在企业也是做了12年，再有一个12年，自己就该每日拿个马扎坐在向阳的房山头晒太阳，什么都不想了。

去年本部在济南的博睿所在淄博设立分所，主任郑毅律师经人介绍找到我，要拉我过去做分所主任，郑毅律师身材魁梧，说起话来气壮山河，虽年龄小我两岁，但论及律师展业，大有指点江山，携攻城掠寨之气势。初次面谈，我虽予以婉拒，但内心也在踌躇，想自己在大地人所再做12年，也不过是平平淡淡，如果换一个平台，激发斗志，有生之年扬名立万也为未可知。可放眼周遭的知名律师，少有不是追逐名利之辈，所谓的成功人士，不过极尽所能沽名钓誉耳。郑毅律师很执着，前后三次约我论道，坚信一定会把我拿下，我生性不好当面拒绝别人什么，所以虽未松口，肯定外露的是态度暧昧，以至于他认定我终会是他的人。第四次约见，同来一个在博睿所做顾问的退二线的省领导，面对面亲自规劝我，我不得不摊牌。平心而论，以当下的通则，这应当是一个不错的机会，有济南本部的支持，至少我个人应该是获益的。静夜沉思，自己之所以割舍，可能是放不下自己已然习惯的生活，可能是恐惧于执掌门面的艰难，可能是深知自己无力给一众年轻律师一个灿烂前程，也可能忧患于与新同道的合作关系，总而言之，我没有唤起心底的热情，没有热情的事情，应该不会干好的，自己的发展事小，别枉负了他人的热望。

前些年写了篇《赵锡宝律师的团队》，推介锡宝律师的团队精神，本来想发在所刊上，锡宝律师没同意，可能是那时他就有走的打算了。去年锡宝律师终于决定带着他的团队出去另立门户了，我以私人身份为他的团队送行，“金色之韵”优雅的环境，我们侃侃而谈，我更多谈的是创业的艰难和对他的祝福，他则大谈特谈他的宏伟蓝图，同时对我的品行和业务能力极尽溢美之词，希望我能加盟共同创业，其他年轻律师随声附和。席间我感慨自己年过不惑，做什么事都没有热情，随波逐流、随遇而安为上策。锡宝律师揭穿道：“你不是没有热情，是因为你现在的所作所为不是你的理想，唤不起你的热情。”我和锡宝的为人处世之道可能南辕北辙，但我一直认为锡宝是一个人物，他对时事的分析和对人的透视很独到。他的话对我犹如醍醐灌顶，让我清晰地认识到我为何总是困惑，让我明白了自己为何做事总没有热情，有感于此，前些天在新浪发了个微博：“这年头，追求点理想、奢谈些抱负很难遇到知音；如果你只想挣钱，则更容易找到志同道合的人。所以我每天过得不快乐，也属于吃饱了撑的。”

我还有理想吗？我的理想是什么？自己常常扪心自问：王晓武，你是不是在装啊！人可以欺世

盗名，但却骗不了自己的内心，回首过往，我最舒心的日子还是在企业，特别是1995、1996在车间当主任那两年，企业效益很好，只要铆足了劲干活，多出产品，就有大把的奖金。当时厂里按产量计奖发到车间，车间进行再分配，按厂里的规定，主任拿工人平均奖的2.5倍，副主任拿2倍，那时我的工资应该不过300元，可平均奖都在500元左右，我在车间当主任期间，一直坚持和副主任一样拿2倍，车间百十个人，安居乐业，团结和睦，奋发向上，其乐融融。

上周会计小王将2012年的财务报表交给我，律师个人最多的收费250多万元，一个和我同一年入所的律师收费只1万元。中国有很多穷人，国家也管不过来；中国也有很多穷律师，现行的制度不能保证他们衣食无忧。谭嗣同在《仁学》中有言："君主废，则贵贱平；公理明，则贫富均。千里万里，一家一人。视其家，逆旅也；视其人，同胞也。父无所用其慈，子无所用其孝，兄弟忘其友恭，夫妇忘其倡随。若西书中《百年一觉》者，殆仿佛《礼记》大同之象焉。"世界大同，佛祖法力难为；千古忧患，草民空戚戚焉。

2013年2月10日

敬由心生

五一假期，我开车路过一公交站点，目光所及，应该是一家三口带着行李箱在等公交车。因是新城区，公交车比较少，待我反应过来熟悉的面孔是徐法官时，车已掠过，路的中间有隔离带，我兜了一大圈返回来，友好地邀请他们搭车。原来一家人要外出旅游，准备去火车站，我正好顺路。徐法官坚辞，说小孩子想坐公交车，否则早就打的了。我相信徐法官所言无欺，真的是想满足小孩子坐公交车的热情。

回家和妻子谈及想让徐法官搭便车未遂之事，感慨现在的小孩子从小就出入坐轿车，可能对坐公共汽车都有种渴望，因为女儿周六去世纪英才学英语，每每坐一次公交车或者骑一次自行车，亦兴奋异常。妻曰：瞎献殷勤，一定是女法官！女法官不假，献殷勤差矣。

认识徐法官，缘于前年的一个保险合同纠纷案件。原告是一位女士，于2004年购买“平安康顺终身女性重大疾病保险”，当年交纳保险费1805元；以后每年续交保费1332元，连续交纳了5年，共交纳保险费8465元，至2010年，原告患甲状腺癌，该疾病属于保险范围，原告向保险公司索赔，保险公司查明原告在1998年曾因甲状腺癌做过手术，以原告投保时故意不告知曾患病的事实为由，拒绝赔偿，并不退还保费。根据原告的陈述，我的代理意见是，原告当年患病时才15岁，尚在初中读书，属于未成年人，父母未告知其真实病情，本人不知所患疾病为癌症，其投保时未如实告知既非故意也非过失，保险公司应当承担给付保险金的责任。对于原告未如实告知的事实，法官从宽采纳了我的意见。但保险条款规定，“经医院诊断初次发生本条款所定义的重大疾病”，保险公司承担给付保险金的责任，而原告明显不是初次患甲状腺癌，判决保险公司承担给付保险金责任不符合合同约定。为此案件，我多次到法院与徐法官交流，徐法官对原告也深表同情，想尽办法欲支持原告的诉讼请求，但“初次”患病这个坎却怎么也绕不过去。我提出的观点是，“初次”患病，可以理解为被保险人有生以来的第一次，也可以理解为保险合同订立后的第一次，建议法官依据格式合同不利解释原则，解释为保险合同订立后的初次患病。法不容情，徐法官认为如此解释显系滥用自由裁量权，我本人也觉得很是牵强附会，生拉硬扯。最后徐法官多次做保险公司的工作，以保险公司退回原告交纳的全部保险费调解结案。此案的结果，在我预料之中，但整个办案过程，我觉得徐法官有情、有原则，不由得敬由心生。

去年又因为一件棘手的案子与徐法官打交道。被告是一个企业的业务员，在订立买卖合同时，因缺乏经验，被卖方下了个套：合同约定得简单明了，有货物名称、价格、运输方式、数量确认、质量验收、付款条件等内容，但在双方当事人签章处，卖方提供的合同文本是：甲方：甲方保证人：乙方：乙方保证人。被告法律知识欠缺，虽然签订过一些买卖合同，但不清楚“甲方代理人”和“甲方保证人”的区别，便以业务员的身份在“甲方保证人”处签了名。后企业破产，欠下40多万货款，卖方以业务员为被告起诉到法院，要求承担保证责任。我正巧在那家破产企业做破产管理人，那家企业的员工宿舍与办公楼在一起，二楼以下是宿舍，三楼是办公室，破产管理人办公室就设在三楼，二楼正对着楼梯的那间宿舍，满墙都是儿童画，企业的人告诉我曾住那里的一家是福建来的打工者，我好多次驻足在房间里，想着一对打工者夫妇，有一个可爱的孩子，孩子喜欢画画，本来有一个温暖的可以赖以为家的地方落脚，孩子可以快乐地上学、画画，因为企业破产，一家人又不知去哪里漂泊……每想到这里，我总有一种莫名的怜悯，可怜那个喜欢画画的孩子。

那天，被告业务员夫妇俩带着一个活泼可爱的三四岁的小男孩来我办公室。一看就是很面善的人，说话带着淳朴、带着真诚、带着委屈，没想到的是原来这就是那间墙上贴满儿童画的主人一家，画的作者是小男孩的姐姐，她在上小学。被告曾咨询了老家做律师的亲戚，也知道想免除自己的责任在法律上很难，但还是对我抱着一丝希望。案子真的很棘手，本不想接，但最终还是想帮帮无助的一家人，抱着一种济世的情怀接下了。这案子对业务员一家来说犹如祸从天降，他说偶尔一天在大街上遇到了卖方的老板，老板原以为他回了福建，也不知道他的家在福建哪里，老板像老朋友那样与他寒暄，他告诉那老板，企业破产后他到了另一家企业跑业务，那天他开着朋友的车，那老板跟踪他到了他租住的房子，老板不知道他只是一个打工者，以为他有车有房，便起诉了他，同时申请了财产保全，可查遍了银行、车管所和房管局，一无所获。

对于一个憧憬着美好未来的打工者，这样一个案子无疑是灭顶之灾。当我知道这个案子由徐法官主审时，我建议被告去和她谈谈，打打感情牌，重点谈一下卖方从2008年合同签订到2012年企业破产，已经挣了很多钱，自己打工抚养两个小孩很不容易。庭审时我重墨渲染原告不诚信的诱导，被告属重大误解，没有保证的意思表示，而且买卖合同没有主债权数额的约定，缺乏保证合同成立的必备条款，保证合同不成立。合议庭都认为合同的签订存在问题，法庭调查时徐法官把原告问的支支吾吾，明显想找出原告的漏洞支持我们的主张。案件后来被移送到受理企业破产的法院审理，将在下周开庭。前段时间我专程去法院找徐法官征询她对案件的看法。徐法官眉宇间流露出爱莫能助的神情，说被告曾找过她，带着孩子，很不容易，很想判决被告不承担责任，但案件已经移送走了。对于案件本身，则认为只要以保证人的身份在买卖合同上签名，保证合同应当成立，我的答辩虽然有很大的合理成分，但法官在审判时更注重合同字面的意思表示。

我做律师十余年，徐法官审案想必差不多也应有十年，除却上述两个案件的接触，无论是工作中还是生活中，从未谋面。对弱者的同情，对法律的严守，这反映一个法官善良的天性和职业的素养，对于这样的法官，我内心充满敬意，想让徐法官搭个便车，真的是这种敬意顺其自然的表达。

2013年5月2日

嘴边的鸭子

“法制网北京2012年12月16日讯 记者赵阳 见习记者蒋皓 记者从今天在京举行的‘首届朝阳律师论坛’上了解到，中国律师行业恢复发展30年来，特别是近20年来，走上了一条快速发展的道路，全国律师的总数由20年前的不足10万向23万迈进，律师事务所由不足1万到目前已经接近2万。”这就是现实，当下律师已经乌泱乌泱的了，但中国的法律服务市场还不够成熟，传统业务的竞争已趋白热化，僧多粥少，律师都为争一杯羹而各显神通。

有同学在山东省国资委投资的一家公司法务部工作，一次去看同学，其副部长的妻子因一保险合同与保险公司产生纠纷，法务部4人在集体研究保险条款，保险合同纠纷是我的强项，我点出了保险公司存在的过失，并建议向保监局投诉，最终按我的意见纠纷得到了满意的解决。

时过不久，该公司下属的一家企业改制，需出具法律意见书，该企业正好在我执业的城市，同学及其副部长就大力保举了我们所。因上级领导举荐，改制企业的法务部部长亲临我所接洽，我所是当地唯一的全国优秀律师事务所，实力绝对是首屈一指，也有丰富的国企改制经验。为促成这桩业务，同学特意打电话叮嘱，第一次合作，价钱要低，工作质量要好。因之，谈收费时，我狠狠心，报价2万，正常的话5万应当是我们所的最低价，因这报价，我还受到其他合伙人的讥讽。来日方长，建立联系是主要的考虑，为联络感情，我特意宴请改制企业的法务部部长，他约上自己的朋友，我约上与他相熟的朋友，不胜酒力的我也放手一搏，酒桌上推杯换盏，称兄道弟，气氛相当地好。

第二天，改制企业的法务部部长电话通知，企业需走一个招标程序，让我按谈妥的价格报价投标。有了主管部门领导的推举，有了酒桌上的称兄道弟，这业务无异于嘴边的鸭子了。报价后，我对国企改制的有关法律法规进行一遍温习，就等着签合同干活了。过了没10天，同学突然打电话来，似有抱怨口气：你这事怎么办的，业务别的所做了，法律意见书已经报到了我们这里。说实话，我当时真的有点蒙头转向，不是为那点律师费，而是觉得这事办得窝囊。我打电话给改制企业的法务部部长，他语气闪烁，告知我有三家律师所投标，其中两家报价2万，一家报价1.5万，企业选择了报价低的这家。这是我最后的一次与改制企业的法务部部长联系。

随后还有两件事与此有关：一是过后我去同学处，同学说中标的那个所出具的法律意见书质量太差，被他们退回去修改了，并向我了解出具法律意见书的那家律师事务所的情况，说句心里话，虽在同一个城市，我真的是第一次听说那个所，我不能诋毁同行，没发表评论意见。二是又隔了几日，本所的一个律师找我，说出具法律意见书的那个所不是省国资委签约的中介机构，出具的法律意见书国资委不予受理，想和我沟通以我们所的名义出具法律意见书，律师费分我们一点，我予以断然拒绝。

嘴边的鸭子没吃着，不免心存芥蒂，对律师的难也又多了一点认识，这世界上没有板上钉钉的事，谋事在人，成事在天，只要每天努力就好。

2013年10月12日

廿年一梦

近代的文明社会皆法治社会，我国近代法治起源于清末，谭嗣同描绘了文明社会的图景："君主废，则贵贱平；公理明，则贫富均。千里万里，一家一人。视其家，逆旅也；视其人，同胞也。父无所用其慈，子无所用其孝，兄弟忘其友恭，夫妇忘其倡随。若西书中《百年一觉》者，殆仿佛《礼记》大同之象焉。"

《百年一觉》系美国作家爱德华•贝拉米的*Looking Back-ward, 2000—1887*一书的中文节译本，1894年在国内出版发行。书中描写了1887年5月30日晚，一位长期患有失眠症的青年人被医生用催眠术送入梦乡，在他处于昏睡状态时，房子被火烧光，他被埋在地下，直到2000年挖渠道时才被发现。沉睡了113年后醒来的青年人奇异地发现，美国变成了一个合作式联邦，生产资料的私有制已被消灭，一切按劳分配。个人富裕取代了社会贫困，所有男女都由国家免费教养到21岁，然后每个人都有指定的职业，尽可能按个人选择和才能分配。虽然身份不同，但从国库接受的报酬是同等的。这个合作体系的巨大优越性还在于，让每个在四十五岁退休的人都尽享余年。

柏拉图的《理想国》最早为人们描绘了一幅理想国家的图案，人类追求的正义与善是柏拉图理想国的主题。前人描绘的理想社会图景，后人在践行并修正。社会文明是人类共同的价值追求，人类文明的进步，源于每一个个体在不同领域的驱动。

智者顺势而谋。为了追求心中的梦想，怀揣着对法治的渴望，20年前，曾经有4个年轻人，扛着各自结婚家用的桌椅，就着简陋和薄弱，在12平方米的小屋里成立了大地人律师事务所。20年过去了，当年大地人律师事务所的这4个发起人均已年过半百，自然也都成了淄博市屈指可数的大律师。作为大地人律师事务所的创所元老，他们当年的举动，不仅成就了自己的梦想，也成就了今天的大地人律师事务所。大地人律师事务所之所以有今天的成就，是因为它吸纳了一批又一批青年才俊，他们中大部分留在了大地人律师事务所执业，有的则到企业去做法务，有的考入司法机关；离开大地人律师事务所矢志做律师的，有的远赴北京、上海去发展，有的带着梦想创办了其他律师所，这其中的一大批都已成为淄博律师界的精英和中坚力量。大地人律师事务所的一位老律师说过，几个人干的是事儿，一群人干的才叫事业，80余名执业律师，是大地人律师事务所唱响淄博的最亮音符。大地人律师事务所的20年，在淄博的律师发展史上书写了浓重的一笔，占据着重要的篇章，毋庸讳言，在当下的淄博律师界可谓首屈一指；我们也坚信，在一定时期的未来，大地人律师事务所对淄博律师业的发展还将产生重要的影响。

我们每个人都有自己的梦想，个人的梦想与社会的理想是融合的，过去20年我们对生活的憧憬，就是国家描绘的小康社会。当下“中国梦”成为热词，习总书记说：“实现中华民族伟大复兴，就是中华民族近代以来最伟大的梦想。”我们每个人的梦想，融汇在一起就是中国梦。时势造英雄，个人的梦想只有融入社会的发展才能实现，当年的柳传志、刘永好、马云……创业时都是白手起家，因为融入了改革开放的大潮，才成就了他们辉煌的事业。

律师是法治进程的丰碑，理想的社会，必定是一个法治的社会。廿年一梦，百年一觉，历史在传承，人类在共同追求美好的明天，明天是属于年轻人的。江山代有人才出，大地人律师事务所集聚了众多追梦的年轻人，20年后的大地人律师事务所是他们的，他们是律师所的希望，是律师的未来。追梦无悔，每一个追梦者都满怀一颗憧憬的心，人生活在希望中是幸福的，在年轻律师追梦的路上，我不单摇旗呐喊、加油鼓劲，更愿意伸出援手、助一臂之力。海子的诗就是我一贯的心境：“陌生人，我也为你祝福，愿你有一个灿烂前程。”

2013年10月20日

谈钱色变

早晨正准备出门上班，手机铃响了，是临淄一个久未谋面的朋友打来的，先咨询我一个法律问题，然后就是寒暄。在临淄我们共有一个小圈子，我都好长时间没联系了，于是一一询问他们的近况，相谈甚欢。这位朋友在一个企业的研究所上班，曾在一个与安监局有关系的公司中兼职给企业做过安全评价，现在工余时间兼任几家企业的安全工程师。因知道其为挣钱把自己弄得很辛苦，于是客气地问：“过去一年还好吧？”这哥们也是实在，开始抱怨自己没有关系，揽不着挣钱的活，别人靠关系挣钱很容易等等一大堆的牢骚话。我急忙打圆场：“靠劳动和智慧挣饭吃很好。”截住了这个话题，他又反过来关切地问我：“你去年挺好吧？”我答：“挺好！”接下来一问一答：“一年能挣三五十万吧？”“没那么多，二三十万吧！”“净剩二三十万吧？”“剩不了那么多。”“能剩十万也不错！”“一年能顺顺利利过来就该知足，挣不挣钱没关系。”接下来他提及的都是房子、车子等与钱有关的话题，我兴趣索然，于是说：“我该上班了，有时间再聊。”

去年我根本没记收入账，以往年度曾经记过，可记着记着就忘了记，从未曾完整记过一个年度，索性不记了。因为想向一个企业参点股，前天还问会计小王年终决算情况，想知道自己一年收入多少，摊完成本能剩多少，小王告知报表还要等几天。至于去年挣了多少钱，我真的不知道，只知道去年一家人出去旅游就花了15万，大年初二去的张家界、凤凰古城，接着正月十五在台湾度过，暑假一家人又去了一趟北欧四国，挺好的一部家庭用车被玩没了。

社交中有个惯例："对女士不能问年龄，对男士不能问收入"，而国人又偏偏对他人的收入甚为关心。当下，身价几何，挣钱多少，是一个人是否成功的标志。每一个男人都想以一个成功人士的形象示人，谁都渴望获得尊重。我骨子里就不是一个商人，挣钱是我的弱项，当然除了体重90多公斤外，我也没什么强项。每每在社交场合谈论挣钱多少的问题，我虽不觉自惭形秽，但的确乏善可陈，往往很是反感。

一次本所一位律师请客我作陪，在座的有市司法局的领导和山东理工大学法学院的几位老师，这位仁兄在酒桌上眉飞色舞地大讲特讲挣钱之道：哪年买了1000元的原始股，后来变成了14万；哪年投资一个企业20万，连着三年100%分红；与加拿大律师合作办理移民每人收费5万加元，群发几个信息就来了10多个老板，好几个签了意向……在他眼里到处都是钱，只需拿着耙子去搂就可以了。客人们虽然礼貌地随声附和，可能心理与我一样，谈钱就矮了半头，明显兴致不高。请客主要是为了客人高兴，特别是请有身份、有地位的官员和学者，尽管我不喜欢在饭桌上谈钱，但出于社交礼节我很少在公共场合打断别人的谈话。由于怕冷落了客人，在众人貌似听得津津有味中，我断然插话转移话题："不是每个人都想挣很多钱，比如在座的几位教授，他们的人生理想应该是学术有成，教书育人。在座的局长，他的处世哲学或许是为官一任，造福一方。"

任志强在《野心优雅》一书中谈道："美国人更看重的不是钱物，而是知识与文化，在学校中更是如此。他们对研究精神和研究成果的崇拜，远远高于对身外之物的财富的追求。"我特别认同这种价值观。另外，我崇敬那些为了他人的福祉和社会的进步具有献身精神的人。我从来没有羡慕过有钱人，无论他是李嘉诚还是何鸿燊，当然，对于他们的慈善之举，我还是倍加赞赏的。

至于为何谈钱色变，我分析应该是两个原因：一是我骨子里穷酸文人"君子羞于言利"的心理作祟，感觉谈钱很世俗，自诩高尚之人，常以"穷则独善其身，达则兼济天下""位卑未敢忘忧国"励志；二是对我来说挣钱确实很艰难，每每提到挣钱之事，总是触到伤心处，勾起辛酸泪。在人们的眼里，律师是挣钱的行业，认为律师都有钱，在律师面前谈钱可能是出于对律师的恭维，特别是在外人的眼中，我也算是个成功律师。其实，在中国，认为律师有钱是一种误读。律师从事的是服务业，在国民收入中一般处于中等偏上，在发达国家，80%的人口是中产阶级，律师至少是中产或中产之上，算是富裕阶层。在我国，80%的人可能达不到小康，所以律师能超越这80%达到小康已经不错了。

如果诸君不是要给我钱，或者给我提供挣钱的机会，请不要和我谈钱，谁和我谈钱我和谁急。

2014年1月9日

家住南定

当下中国最财大气粗的群体，无疑是地产商，房地产的十年暴利，不仅催生了无数的富豪，也把全民都搅进了置业的漩涡，稍微富裕点的家庭，有两套、三套房子是很正常的事，也有些讲究之人，效“孟母三迁”，十年中搬了几次家，目的是追求所谓高档社区。我是一个非常固执之人，为了标榜自己脱俗、凡事不随波逐流，总是逆潮流而动。我曾说过，中国有两大经济热点都没有挣过我的钱：一是股市，我从没买过任何一只股票；二是房市，我目前仍居住着1997年的房改房。当然我心里明镜似的清楚这的确不值得炫耀，因为每当我听说谁在股市挣了大把的钱、谁的房屋转手翻了一番，心里总是隐隐地、恨恨地感觉不平衡。

我居住的房改房位于张店区南定镇朝阳路1号院，与交通技校一墙之隔。一次我订报纸，写的地址是：张店区朝阳路1号院，没曾想给人家报社平添许多麻烦，经过电话与我核实，才找到投递地址，我也才清楚地知道不注明南定镇，即使注明南定镇，也没多少人知道这条路，尽管朝阳路的命名是淄博市较早命名的几条路名之一，查淄博市地名志方知在张店已具有50多年的历史。当年福利分房，我从1995年第一次分个两室一厅，1996年调了个三室一厅，1997就住到了现在的三室一厅——当时厂里的“处长楼”。虽然房产证标注的面积是94㎡，但那是使用面积，建筑面积不算阳台应该110㎡多，房改时沾了国家的光。1997年10月齐鲁石化兼并我们厂时，当时齐鲁石化生产调度处处长毕义安作为派驻厂里的恢复生产协调组副组长到我家小坐，羡慕无比，“啧啧”连称齐鲁石化老总也住不上这么大的房子！后来随着商品房的开发，随着人们对生存质量的关注，我们院和我一样的年轻人纷纷在市区买了房、搬了家，这个小区也逐渐沦落为工矿生活区，四周被一些借以新农村建设的名义开发的楼房和淄博市建设的一个经济适用房小区包围，形成了一片传统意义上的劳动人民居住的社区。

女儿就在这个小区附近的一所学校上了11年学：九年义务教育外加两年学龄前幼儿园。记得很多年前的一天，我早早地下班回了家，闲着没事突发神经地去学校接孩子（夫人在这所学校任教，根本用不着我接孩子），到了学校门口，那么多似曾相识的面孔，那条街上炸油条的、卖豆汁的、卖炸肉的、卖水果的、做衣服的、修车的、修鞋的……这些人都摇身一变成了学生家长，挤挤擦擦围在学校门前，当时我心生了很多感慨：我们夫妇俩好歹也算是白领，我们的宝贝女儿整天就和这些粗人的孩子学习在一起、玩在一起，是否对她有失公允、是否未尽父母之责？我们不是没有能力搬到市里所谓的高档社区，我们也不是没有能力让孩子上市里所谓最好的学校，我们这样做是不是亏欠了女儿？这件事的确让我思考了很久，但最终我还是没有在市区买房，更没有让孩子转学。我的父母是拼体力的工人，我也在工厂工作了12年，我身上长着永远褪不去的粗皮，我现在最好的朋友也是工厂里的工人，我喜欢劳动人民的朴实和真诚，我也希望我的女儿有一颗平民的心：不矫情、不做作、不虚荣。我庆幸我的女儿目前为止保持了一颗淡泊的心，虽然已随我出过四次国、走过了十几个国家，到过法国、瑞士、意大利、丹麦、芬兰、俄罗斯……按女儿的话说也是见过世面的人。一次夫人和我说，放学她带着女儿去那条街的市场上买熟食，女儿坚持让她买一位中年妇女的炸肉。夫人起初以为女儿喜欢吃，后来女儿说那是她同学的妈妈，女儿只是单纯地想照顾她同学母亲的生意。女儿的淳朴和率真让我欣慰，这也是我骨子里想达到的境界。

近几年在场合上，我被问得最多的两个问题：一是什么时候换车？二是住张店哪个小区（熟人会问：在张店买房了吗）？有时遇到多年未见的朋友，得知我仍住在南定镇朝阳路1号院，可能认为我是为了照顾夫人上班方便，还不仅追问一句：在张店买房了吧？！特别是律所的一位老兄，不知道是怕我在那里住委屈了我，还是怕影响我的形象、进而伤害律所的形象，总是不断地撺掇我在张店买房，甚至多次说：没钱我借给你钱。就是在

这老兄的一再督促下，我才在2011年换了车。当然，我心里明镜似的清楚这位老兄的真实意思是觉得我应该住高档的社区，也是真心希望我过上上流社会的生活。但每临此境况，我心里涌动的总是《庄子•秋水》里面的句子："子非鱼，安知鱼之乐？"每天我在外面奔波，身心疲惫，回到小区把车停稳，心里就有说不出的满足感：这一天又顺顺利利度过了，没有发生车祸，没有因为压抑的情感患上抑郁症跳楼！可能没有人知道，一旦我回家把车停稳，无论是谁请我吃饭，我绝不会再出去应酬。院里的每一个人、每一条狗我都熟悉，这是我的家、我心灵的归属、我两腿一蹬见上帝的地方，"我的地盘我做主"！住在这里我心安。

张店区南定镇朝阳路1号院，如果未来的我"若程颢，八十二，对大庭，魁多士"，这个院或许会名满淄博，但我注定将无声无息地泯灭于世，于是这个院，包括这条路，很多张店人都不知道，于是无论有谁问起我住哪，我也只能轻描淡写地答："家住南定"！

2014年1月13日

初八开门酒

初八第一天上班，王毅老兄召集律所同人晚上聚会，通知下去，10人桌热热闹闹挤了14位，除了度假未归的、另外有局的、老婆看得紧的，能来的男同胞都来了。我开玩笑说，以往每年年后的开会和学习从来没到过这么多人。

中国的聚会一般没什么特别内容，主题就是喝酒。我计划初九一早去家附近的一个顾问单位拜年，打算把车开回家，所以决定不喝酒，但为了凑兴，约定大家白酒两杯，我啤酒两杯，这样每百毫升血液中含酒精不会达到20毫克，够不上酒驾。

说实话，我是真不喜欢喝酒。虽然我向往“三五知己，把酒临风”的场景，但仅仅是字面意义的“把酒”，而不是真实意义的“喝酒”。当然，一瓶啤酒或者一杯红酒，轻啜慢饮还是比较享受的。大块吃肉我没问题，大碗喝酒我真不行！上中学时，同学的父亲曾教育我：喝酒是天才加勤奋。我天生愚钝，本以为勤能补拙，但勤练加苦练，也达不到“国标”水准。偶尔下定决心，排除万难，两杯低度白酒下去，第二天昏昏沉沉，如病魔缠身。

人在江湖走，哪能不喝酒，对我来说，喝酒纯属工作所迫，为了工作，一醉方休有时在所难免。记忆深刻的一次，是为一个企业破产的案子，法院指定我们律所做破产管理人，这是《企业破产法》实施后该法院受理的第一个破产案件，法院非常重视，也非常谨慎，分管副院长亲自带着庭长到律所与我们交流，到了晚上，宴请一下也是人之常情。偏巧几位酒量上乘的合伙人都不在家，我虽然心里打怵，也只能赶鸭子上架。坐在主陪的位置不喝酒是不行的，天马行空地东拉西扯，称兄道弟地推杯换盏，不知不觉，三杯酒下了肚，作陪的律师都惊呆了，10多年没见过我喝这么多酒，绝对超常发挥。送走客人，一律师开我的车送我回家，我坐在副驾驶位置，翻肠倒肚，万箭穿心，难受得四爪乱蹬，抬脚把前挡风玻璃踹烂了。

同事聚会，不是工作，纯属感情的交流，愿意喝的、想喝的，可以无所顾忌、放肆地喝。不喜欢喝的、不想喝的，没必要勉为其难。酒场谚语：只要感情有，喝啥都是酒。

初八好多单位都放“开门炮”，“开门酒”所里是第一次，作为老律师的我也感觉心里暖暖的，我想其他律师也应是情同此心。王毅老兄中午去青州参加婚礼，肚里先垫了四杯酒，还有几位同人年后相聚耐不住，中午凑起来喝了一顿。晚宴开局还好，按部就班，主、副陪祝健康快乐、马年吉祥、马到成功、马上发财、马上喝酒……祝福声中，一杯酒下去了。第二杯酒任主任提议每人说一句、提一口，转一圈干掉，我左手的律师头炮，偏巧这小子中午就没少喝，一杯酒下去后就语无伦次了，什么感谢律所培养了，感谢前辈帮助了，念念叨叨，引导着轮后的每一位年轻律师都开始感恩戴德，晚宴成了“谢师宴”。任主任也上了道，每位年轻律师絮叨完，都对该律师的优缺点一一点评，晚宴又演变为年终总结会，开始探讨如何开展业务，如何与法官打交道，如何提高业务水平。实际上在这个研讨会上无论谁提出什么高见，讲出什么精辟的道理，在座的任何人都不会有任何收获，因为说的每一句话，不过都成了下酒菜，跟喝酒划拳喊的“哥俩好”“五魁首”没什么区别。

老律师的帮助是年轻律师发展的捷径，有些年轻律师的生存也离不开老律师的案源，年轻律师平时都比较压抑，在老律师面前虽谈不上毕恭毕敬，但绝对是谨小慎微。两杯酒下去，都开始肆无忌惮起来，是真心感谢也罢，是期冀以后能得到照顾也罢，轮番东倒西歪地给老律师敬酒，往往是敬酒的、被敬的都自说自话，不知所云，结果没问题，一般酒都会干掉。喝酒有两种理想状态：一是大家都点到为止，酒场在友好热烈的气氛中结束；一种是集体嗨到高潮，想结束都结束不了。我左手这位老弟，去年与我合作的几个案子收入了六七万，总拉着我的手东一句、西一句地表达感激。世人皆醉我独醒，绝不是什么好现象，每每我清醒时，看到酒后张牙舞爪不能自持的人，总是心生不快。

酒局好歹结束了，我往返10多公里，开车把左手这位老弟送回家。初八开门酒，最后任主任做东买了单，早知道我先倡议好了。

2014年2月9日

喝酒识朋友

王毅老兄是律所经历最丰富的律师，早年下过乡、做过工、当过兵，退伍后在企业当干部，考公务员进入市统计局，1993年辞去公职参与创办大地人律师事务所。谈起自己辞职的原因，这位老兄总是一本正经曰：我们的统计局，既不如国民党的“中统”，更赶上“军统”，实在没什么作为。

王毅老兄最大的特点就是与人为善、好交际，在他眼里，四海之内皆兄弟。在中国，交际场所最主要的就是酒场，所以，王毅老兄的酒场多，平均一个星期七场不夸张，因为时常一天中、晚两场或一晚上两场。王毅不愿意别人说他喜欢喝酒，也不承认自己喜欢喝酒。他的根据是，自己在家从不喝酒。据我的长期观察和分析，王毅是喜欢酒场的气氛，朋友在一起或纵论国事，或吹牛谈天，或插科打诨，曲水流觞，其喜洋洋者矣！但如果说王毅不喜欢喝酒，打死我也不相信。

一次，他一邢姓同学有事相邀中午小坐，我担任司机陪同前往，车上他表白：不能多喝，下午还有事。我们三人在一小酒馆坐下，哥俩要了一瓶白酒对饮，我旁观。老同学相见，叙旧谈心，酒逢知己，干净利落，一瓶酒下去了。想到王毅说下午有事，我觉得酒局该结束了，谁知二人兴致正浓，又要了一瓶白酒，还是你一杯、我一杯地平推，第二瓶酒不知不觉也消灭了。酒已至酣，我想这会儿该结束了吧，谁知哥俩意见高度统一：白酒不喝了，一人再弄两瓶啤酒，两瓶啤酒就是我的量，我是真佩服我这位老兄。

王毅当年在厦门服役，按他的说法那一年淄博去福州军区的兵整一个专列，此话肯定不假，王毅桌子上放着一本淄博战友通讯录，登记在册的足有一个营，每年的八一战友聚会，参加的不下一个连，经常往来的应有一个排，核心组成员至少一个班（按我的军事常识，一个班10人，三个班一个排，三个排一个连，三个连一个营）。我有幸偶尔参加他的核心组聚会，见过的战友应该有两个班，知道的差不多一个排，因为这是他最常聚会的圈子，每每聚会完就向我讲述战友之间的出丑和笑点，王毅喝酒的糗事，也大都发生在这个圈子，我拟写一本书另外记录。

王毅的核心组战友聚会，堪称中国最热烈的酒场，因为大都是1958年出生，属狗，每逢酒场，一旦酒过三巡，血脉偾张，军区司令来也不一定能控制住场面，就应了冯小刚那句话，“大狗小狗汪汪叫”，你属吃狗子，他德牧，我黑背，刚刚从西藏出发回来的一位仁兄就改属了藏獒，你挤对我，我挖苦你，陈年旧事深加工，新近趣闻广传播。不管咋样，喝酒都不含糊，挡都挡不住，一人一瓶白酒肯定不在话下，符合许世友的要求：“英雄喝酒，狗熊喝水”，前有梁山好汉，今有王毅战友。

王毅的酒风绝对豪爽，酒量也出类拔萃，且有连续作战能力。喝酒实在，人也实在，这是冠军律师对王毅的评价，所谓酒品如人品。但我很清楚，王毅的口碑绝非酒场浪得虚名，的的确确是一招一式、实实在在的为人处事积沙成塔，乃至今天如我辈虽刻意为之，仍勉强望其项背。

时下好像很流行一句话：“这个年头，什么都可以借，就是钱不能借，如果你不想跟他做朋友了，就问他借钱。”王毅的朋友多，朋友找他借钱之事自然少不了，孩子出国留学交保证金找他，做生意需要周转资金找他，子女结婚买房找他……常常是10万、20万，借出去几年回不来。其实我知道，这些年王毅真没什么钱，自己的开销有时都捉襟见肘。这老兄有一个不好的习惯，别人借钱自己没有又不好意思拒绝，一时手紧还搭上我一程。他的一个核心组战友搞房地产，资金链断裂，求朋友凑钱解燃眉之需，很多战友权衡利弊都唯恐避之不及，他明知窟窿太大，填进去可能有去无回，仍义无反顾地借出10万，因凑不够临时找我垫了几万，以至我的形象在他的核心组战友中也高大了些许，这笔钱他借出应该有四五年了，至今没回来。

王毅在所里管财务，律所的一位发起人买房找他想从所里借钱，因数目比较大，几位管理合伙人不同意，王毅老兄找我：咱个人借给她一些吧，我借15万，你能拿多少？我和王毅老兄在一定程度上不分彼此，老兄出面，我只好借了10万，一借近一年，无息。

行文至此，让我想起周华健的歌曲——《朋友》，“朋友一生一起走，那些日子不再有，一句话一辈子，一生情一杯酒，朋友不曾孤单过，一声朋友你会懂……”我要说的一句话：这年头，遇到难事找你借钱的，肯定是朋友，不是朋友纯属自讨没趣；能把钱借给你的，绝对是值得交的朋友；自己没钱还能从别人那里帮你借钱的，那是百年修得来的真哥们，王毅老兄是也！

2014年2月11日

人情可畏

王毅律师是上市公司金岭铁矿的独立董事，也是我知心的老兄，酒后我俩经常在一起互相吹捧，彼此都很受用，谈不上惺惺相惜，反正没事喜欢凑在一起。老兄人脉广、人缘好，遇到棘手的关系需要协调，我一般会找老兄出手相助。老兄亦拿我不当外人，零零碎碎的事需要我跑腿，张口就吩咐，除非我分身乏术，一般都欣然应允。

一个周末的中午，老兄打来电话，说在金岭铁矿开董事会，中午要喝酒，问我能否下午一点半打车过去代驾。我二话没说，满口应诺。金岭铁矿离市区差不多有20公里，我如约打车过去，把老兄的车开回来。在回来的路上，老兄坦言：“咱律所那么多年轻律师，代驾这种小事随便找一个就可以，但从心里不愿意麻烦他们。”对于老兄的顾忌，我心有灵犀，接到老兄电话，本想省下打车费，找个年轻律师开我车一起来，但考虑来琢磨去，最终作罢。究其原因，大概有二：一是不愿在工作之外对年轻律师吆五喝六，避役使之嫌；二是有意与年轻律师保持一定距离，生怕欠下人情。

朋友之间的举手相助是常事，我晚间出发坐火车，或搭乘晚班飞机回淄博，都是一个电话通知朋友送站、接机，朋友不仅搭上工夫、耽误睡觉，还要搭上油钱、过路费，我从不言谢。依常理，同事之间密切关系、互相帮助是人间正道，律师乃知书达理之群体，更应兄友弟恭，营造其乐融融的家庭氛围。但现实情况是，由于律师行业的特点及律所的分配机制，老律师与年轻律师之间的收入存在巨大的差距，生活方式、社交层次的分化势所必然，物以类聚，人以群分，社会现象亦如自然法则，非一般人力所能改变。我从年轻走过，我和女儿是天生吃货，几天前我还和妻子念叨：我做律师的前六七年，工薪阶层的收入，外出吃饭，无非快餐之类，过桥米线、天龟馅饼、圣和馄饨、羊汤无忌……一家三口，百元已足；近三四年有事没事出来，尽享口福，巴西烤肉、雨花西餐、两岸咖啡、金色之韵……三百五百，从不算计。已经离所另谋发展的贺卫卫律师，从师于我时，我有意带她茶楼酒肆历练，也

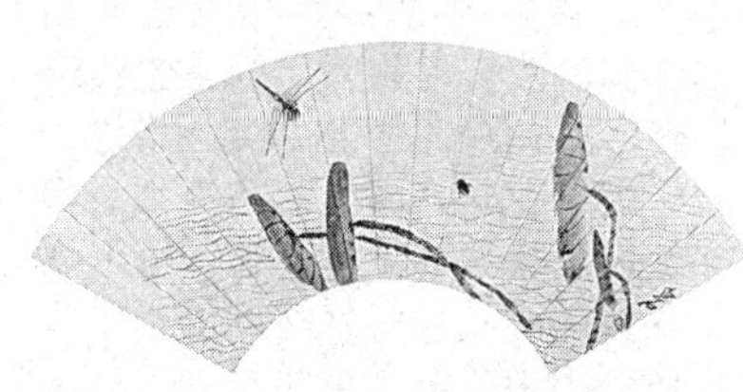

辑三　律途忧与思

曾与我们家庭聚餐，现在与我见面，还啧啧羡慕她的师妹，吃遍淄博，吃到港、澳、台，吃向法、意、瑞……

近两年我和化波律师有顾问单位和案子合作，他也因我收费有所提高，逢年过节，给我买两瓶酒，置备点礼品，虽然我真心不愿其如此，但也能坦然接受。于今心存芥蒂的两件事：尹光玉律师结婚，到海南蜜月旅行，回来给我带袋咖啡；孙萍萍律师去美国培训，大老远给女儿捎回一盒巧克力。虽然他们的礼物都不重，但却沉沉地压在我的心底。年轻律师的心思我最懂，因为我早年也是这样，每次回东北老家过年，总盘算着回来给所里先我执业的老律师带点山珍野味，渴望赢得他们的好感，渴望他们在我打拼的路上能助我一臂之力。这些年，律师队伍发展迅猛，法律业务的增长远远落后于律师队伍的增长，僧多粥少的局面短期内难有改观，即便现有的法律业务，也都向老律师手里集中，年轻律师步履蹒跚，他们渴望老律师的帮助，渴望从老律师那里得到案源。年轻律师急，我也急。说实话，虽然执业十三载，我的业务也不饱和，我也时常为案源焦虑，也为开拓业务殚精竭虑，一年真没几个像样的案子分给年轻律师做，对于提携年轻律师，我常常心有余而力不足。特别是律所近几年，执业经历、案源丰富的老律师另立门户，中坚力量不断流失，律师队伍青黄不接，老律师少，年轻律师多，老律师开拓的案源相对年轻律师来说是杯水车薪。

对于自己能够托一把的律师，我既不吝示好，亦不忌讳对他们指手画脚，期冀淡化施恩形象，不图任何回报，只想让年轻律师明白，一切都源自他们自身的努力，老律师对年轻律师的传帮带是一个律所发展应有的制度，是一个合伙人义不容辞的责任。对于自己无力相助的年轻律师，也就刻意地保持着适度的距离，尽量不发展超出工作关系之外的人情往来，生怕给他们造成物质上的负担，给我自己造成心理上的压力，他们的任何心意，哪怕仅仅是一个由衷的赞美，都是我生命中不能承受之轻。对于向我示好而我又爱莫能助的年轻律师，我出于爱护，仅仅是有时破费邀请他们到小店一起喝两杯，说几句鼓励的话；或有应酬场合没有不便时添双筷子，给他们提供与社会接触的机会。面对众多的年轻律师，作为律所的管理合伙人，我心里常怀歉疚之情，愧对他们老师长、主任短地叫着。

同事之间有些人情，儿子结婚、孙子满月、生病探视、亲人故去……无非随个份子，捧个人场，谁欠谁都无妨，欠了不还也无妨。但如果你和一个年轻律师称兄道弟，把他视为你的跟班，他或许会把自身的前途押在你身上，在这个问题上，应该有清醒的认识，因为事实证明，不是每一个律师都能成功，除非你有能力帮助他一辈子，否则，这个情别人可能欠得，我是万万欠不得的，因为我会寝食难安。

2014年2月17日

辑四 放歌山水间

雨中游崂山北九水

一

四望留韵亭，浓雾掩群峰，
细雨乱石路，蝉鸣伴水声。

二

雾散青山翠，深涧出九水，
山水相映好，人倦不思归。

2012年8月6日于青岛

天净沙•赴欧洲

稻香、菊艳、枫霞，
雪山、古堡、酒家，
北京、巴黎、罗马，
夕阳西下，
远游人，走天涯。

2012年10月1日于巴黎

佛罗伦萨在下雨

我千百次地恋着你。
佛罗伦萨在下雨，
长发飘飘的巴蒂，
绿茵场上无畏的战神，
无奈随着时光老去。

不远万里我来探寻你。
佛罗伦萨在下雨，
千年古街人流熙熙，
吸引我目光的，
是街角避雨的金发美女。
炫目的荣光萦绕着你，
佛罗伦萨在下雨，
米开朗琪罗的大卫，
高耸在市政厅广场，
是几多少女梦中的伴侣。

我近距离地触摸你。
佛罗伦萨在下雨，
百花大教堂清脆的钟声，
穿越将暮的天空，
祈祷人世间永无悲剧。

2012年10月2日于佛罗伦萨

玲珑山穿越

山路崎岖
佛乐悠扬
冽冽寒风兮
我志激昂

玲珑山下
倦人饥肠
袅袅炊烟兮
古村井塘

翠柏挺拔
野草苍凉
绵绵群山兮
心在远方

跋涉虽艰
归犹怅惘
田园遗梦兮
尘世有殇

2012年12月9日随淄博征途户外俱乐部穿越青州玲珑山，有感而作。

车行阿里山

车行阿里山
山路弯弯
春日暖暖
薄雾漫山峦

车行阿里山
农舍时现
屋后房前
辟山建茶园

车行阿里山
白云缓缓
树木拥揽
身心绿色染

车行阿里山
不见红颜
探询人烟
街市在云端

车行阿里山
山花惊艳
夹道木棉
愉悦游人眼

车行阿里山
山脉蜿蜒
尘嚣渐远
悠悠已忘年

2013年春节期间游台湾，赴阿里山观光，由嘉义触口至阿里山景区，翻山越岭山行约两小时，即景而作。

斯德哥尔摩游感

波罗的海璀璨明珠
梅拉伦湖孕育滋养
斯德哥尔摩我来了
诗丽雅号游轮驶过极昼入港

晨醒的皇后岛静谧安详
湖边栖息的雁群悠闲徜徉
君主立宪体制的建立
尊贵的皇室已失去无上的权杖

瑞典皇家卫队仪容威猛
皇宫换岗仪式军乐激昂
古老的王国衍衍生息
不屈的精神永放光芒
市政厅“兰厅”庄严肃穆
诺贝尔奖晚宴使其声名远扬
推动人类文明进步的智者
他们的名字注定万世流芳

古老的运河水静静流淌
长街上的过客熙来攘往
沉没的瓦萨舰上的勇士令我崇敬
虽生死无痕，但殉国荣光

2013年7月15日于斯德哥尔摩

途经南掌

隐身在山坳
村头山神庙
山村错落生万树
树间喜鹊喳喳叫

白云蓝天飘
涧水村中绕
金黄玉米院院挂
火红山楂树树俏

村叟三五个
屋头家常唠
屋顶孩童秋粮晒
屋前阿婆掐豆角

石屋沐清风
彩蝶恰恰好
山花丛丛墙边生
野趣天成自妖娆

世间多纷扰
山野陶情操
淡看红尘名与利
世外桃源乐逍遥

2013年国庆假期，和朋友一行九人到山西壶关峡谷一带穿越，途径山村南掌，僻静、优雅，有感而作。

2013年10月3日

故乡

一

求学离家三十载，甲午春节又还乡。
家人团圆寒暄紧，同学聚会催促忙。
蓝天白云司空见，青山绿水习为常。
南山览罢北山咏，敦化小城赛苏杭。

二

牡丹江水穿城过，长白山脉荫城邦。
雁鸣湖畔休闲地，石门林场鱼米仓。
朱果清祖统三姓，金鼎大佛佑四方。
渤海古国敖东郡，江东才俊胜周郎。

《清史稿》中记述：“敦化，清始祖居鄂多哩城，即此。初为额穆赫索罗地。光绪八年建新城址，隶吉林。”“朱果发祥、始祖降生”，即在满族传说中，满族始祖布库里雍顺由三仙女吞朱果而生，后来到鄂多哩城，平定三姓之乱，被奉为贝勒，建立满洲，成为清皇室血脉相传的正史。鄂多哩城，就是敦化。额穆赫索罗，是敦化市额穆镇所在地。光绪八年建新城址，是指光绪皇帝解除了清朝对长白山区长达二百年的封禁，在敦化设置立县。

2014年1月2日于敦化

春游齐山

三月春山美，山花次第开
杏花才将谢，桃花报春来

连翘花正艳，漫山披金彩
唯美巧点缀，梨花似雪白

峭壁高百尺，栈道听松籁
杨柳依依处，石潭生青苔

阳春暖暖日，清风抚胸怀
绿水青山好，悠悠尘世外

2013年3月30日

搁笔寨即景

群山惟莽莽，雾霭起苍黄，
朔风拂脸颊，秋日暖脊梁。

登高瞰山谷，蜿蜒有公路，
极目远眺处，村庄大槐树。

鸡鸣伴犬吠，红瓦映白墙，
绿树黄色染，漫山披霞妆。

忘却苦和累，翻山越岭醉，
山川壮且美，佳人相与归。

2014年10月28日

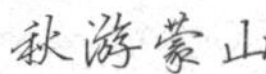

秋游蒙山

深秋蒙山美，身披五彩衣，
云雾山间绕，泉水岩下滴。

山门石坊耸，庙宇隐山中，
瀑布峭壁挂，溪涧水淙淙。

遥望云蒙峰，栈道入云端，
千年翠云观，钟声袅如烟。

登山不畏险，但凭意志坚，
会当凌绝顶，舒怀畅云天。

朋友三五聚，佳肴布青岩，
群山收眼底，松下把酒欢。

秋雨亦有情，向晚催客返，
兴尽身已倦，归程意阑珊。

2014年11月2日

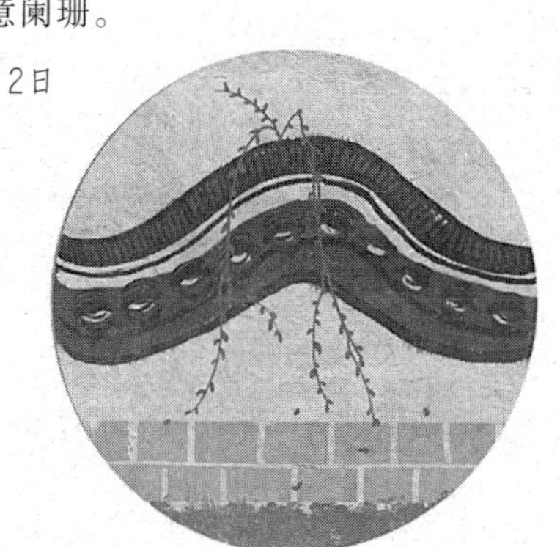

踏青印台山

一

桃红柳绿三月天，春风撩人伏案难。
友人相邀踏青去，索性偷得半日闲。

二

阳春三月杏花开，朋友一行踏春来。
印台山下野味店，推杯换盏尽开怀。

春意萌动，征途户外俱乐部欲组织驴友到邹平印台山看杏花，群主巴图敬业，力邀我们几位朋友前去踩线，见百亩杏花，或含苞待放，或花满枝头，甚是喜人，心情大爽，吟诗两首。

2015年3月19日

正月初五游江南

一

车入江苏感物华，十里八村尽人家。
吴越自古富庶地，江南才子冠天下。

二

窄巷深深不寂寥，小桥流水船工艄。
不羡唐寅秋香遇，平江路上自逍遥。

三

虎丘盛名百年传，几游苏州憾未览。
虽言此地多贤士，惊世宝剑铸此山。

四

山塘古街人头攒，寻古幽情邈云烟。
乘船探访野芳浜，两岸古建似从前。

五

清晨熹微游蠡湖，春雨霏霏润心酥。
千古绝唱陶朱公，辞官经商为鼻祖。

2015年春节期间与朋友驾车赴江南游历苏州、无锡、镇江、扬州四地，沿途作打油诗十数首，即兴吟之，记于片纸之上，或随手弃之，幸存几首录于此。

2015年2月27日

远足如月湖

如月湖畔观景台，席地聚餐笑颜开。
春日微醺人微醉，绿水青山入画来。

大地回暖春意浓，新朋老友喜相逢。
户外远足正当季，结伴原山沐春风。

如月湖水荡微波，春日慵懒舒心窝。
出行幸有知音伴，倾谈忘却岁蹉跎。

翻山越岭思无暇，满百人生亦有涯。
无限春光今日好，莫为功名负年华。

2015年3月12日

漫步植物园

一

清晨漫步植物园，吐芽柳丝垂湖边。
海棠含苞玉兰艳，一任迎春花自残。

二

阳光普洒春满园，小径徘徊享悠闲。
未到姹紫嫣红时，杏花一树惹人怜。

乙未年二月二恰逢春分，又是周末，难得清闲，漫步淄博市植物园，偶拾小诗两首。

2015年3月21日

春游聊斋

一

厚先大叔诚相邀，聊斋园里乐逍遥。
古有幽女聂小倩，同行美女赛狐妖。

二

杨柳依依榆钱小，樱花似雪满园娇。
古道萋萋有遗迹，名远柳泉人来朝。

三

蒲公奇文万世骄，天下骚客竞折腰。
世孙传唱墙头记，堪比凄情杨白劳。

四

缘墙扶芳吐新芽，倚窗连翘绽黄花。
一草一木皆为景，只缘生长在蒲家。

春分时节，应淄博市老年书画艺术家陶厚先大叔之邀，我们三男两女一行赴洪山蒲家庄游览蒲松龄故居、聊斋园。春日融融，微风拂面；闲话当年，相谈甚欢；寻古抚今，自得怡然；情之所至，诗意涌动，乃记之。

2015年3月29日

清明观花

一

清明时节处处花，驱车寻芳至农家。
如蚁游人心生躁，于无人处野菜挖。

二

桃红梨白连翘黄，六色五颜齐争芳。
满园春色皆娇媚，独爱淡雅紫丁香。

三

朋友祭母回莱阳，长假寂寥欣同往。
煦日普洒六百里，黄花一路尽春光。

四

群山环抱小村庄，戏水鹅鸭有池塘。
垂柳婆娑笼檐角，梨花一树掩院墙。

三天清明长假，到处人潮涌动，另天气无常，辜负了春光。第一日闲挖野菜，第二日陪友回乡祭母，小长假欣得诗四首，聊以自慰。

2015年4月6日

清明穿越板山崖

一

屋前花枝颤，柳绿燕呢喃。
万紫千红日，无奈倒春寒。

二

清明有哀思，戚戚忆旧友。
桃花红陌上，君能感知否。

三

人间四月天，情丝随手拈。
春风撩人醉，皓首痴少年。

四

寂静板山村，村前有桃花。
春风初染绿，连翘漫野崖。

清明时节，随绿水青山户外俱乐部去池上看桃花，由板山村缘山而上，穿越板山崖，返回板山村聚餐。清晨等车时，虽四周春意盎然，犹感春寒料峭，作诗一首；车行途中，眼见漫山桃花，涌出伤春的情绪，忆起逝去的挚友，又作一首；登山途中，阳光明媚，春风撩人，春情萌动，作第三首；午后在板山村前的桃林中聚餐，把酒临风，惬意无限，作第四首。

2015年4月11日

春游沂源

一

暮春时节衣渐单，杨柳成荫百花残。
寂寞梧桐空守望，淡泊蔷薇独争妍。

二

蜗居闹市梦远方，驱车百里享春光。
群山深深有村落，怜见农夫劳作忙。

三

沂河源头觅仙踪，千古传说惹纷争。
大贤山上织女洞，文化遗产掷有声。

四

牛郎织女景区行，农家饭香因有朋。
平生偏爱闹中静，酒酣独行沐春风。

谷雨时节，律所组织春游，同事一行带家属老少近30人，游览沂源牛郎织女景区和618战备电台，屈指一算，有五六年未到沂源了，一路上触景生情，感慨时光逝去，不免心生淡淡的忧伤。

2015年4月25日

暮春游萌山

一

携友登临文昌阁，俯瞰湖水荡碧波。
槐花浓郁沁心脾，清幽山寺有传说。

二

回请老友萌水边，依山临湖相谈欢。
不胜酒力难陪客，相惜神交已忘年。

早春时节，厚先大叔邀请我们去蒲松龄故居、聊斋园一游。今日践约回请，同游萌山，采槐花、拜菩萨、聚餐文昌湖边（原“萌山水库”）。厚先大叔年近七旬，酒量尚佳，把酒临风，相谈甚欢，美中不足，几个晚辈陪酒不力，稍留遗憾。

2015年4月26日

五一游沂蒙山之天蒙

一

假日每逢心情佳，走山走水走天涯，
庙堂之高攀无路，江湖之远我为家。

二

三百里天蒙佳处，春风伴一路槐花，
大山里寻觅诗句，凭栏处遗梦爪哇。

三

一级一级又一级，一山一山又一山，
石阶嶙峋山叠嶂，天蒙栈道通九天！

四

人间五月芳菲少，花木山村始如潮，
流苏雪盖覆绿野，梧桐簇拥紫云飘。

五

人生诸事如登山，千难万难莫畏艰，
峰回路转凌绝顶，呐喊一声天地宽。

5月1日应朋友相邀随集结号户外俱乐部到位于费县的沂蒙山之天蒙游玩，天蒙脚下的山村是《沂蒙山小调》的诞生地。景区正在建设，工程浩大，钢筋混凝土栈道盘桓数座山，少说有十几公里，登山最怕走台阶，煞是累人。行程五个多小时，虽筋疲力尽，但心情大好，回到家已是晚八点，妻子女儿还忍饥等在家中为我庆祝48岁生日。

2015年5月1日

怀旧大明湖畔

一

大明湖畔杨柳色，唐风宋雨朝朝歌。
当年易安醉酒处，难觅佳人夏雨荷。

二

信步湖边期佳人，一花一草情深深。
忽闻约毁人不至，燕泣莺咽诉无门。

早年间虽多次到过大明湖，但均未仔细游览，5月7日，去济南历下区法院开庭，顺至大明湖畔怀旧，遥想当年才子佳人荡桨湖上吟诗作赋的情景，附庸风雅，成诗二首。

2015年5月7日于济南

周村一日游

一

初夏欲雨清凉天，朋友相邀山水间。
艳羡唐宋众骚客，曲水流觞遗诗篇。

二

终日碌碌年复年，身边风景未曾谙。
旅游惠民新举措，周村一日免费览。

三

凤凰山下锦鲤场，蔷薇灼灼满墙芳。
愿做鱼儿逍遥游，不为名利忙断肠。

四

断墙残垣昭古城，丝绸之路有遗风。
名传四海旱码头，百年商埠今重生。

5月9日，周村区旅游局推出旅游惠民举措，免车费、景点费周村一日游首发团，朋友相邀参团，游览了孝妇河景观带、怡然花卉、周村少儿科技馆、凤凰山锦鲤养殖场、凤凰山、福王家具、周村古商城。行程结束，顺道观瞻了同行朋友位于下河附近即将拆迁的故居，凭吊了清城墙遗址。收获满满，给周村旅游局点赞！

2015年5月9日

休闲鹤伴山

一

一周忙碌心生霾，看山结伴舒胸怀。
清风徐徐消烦闷，涧水涓涓涤尘埃。

二

置身山中不见山，石阶陡峭徒攀缘。
气喘吁吁歇息处，溪流潺潺积水潭。

三

峰回路转山势朗，满坡槐花犹飘香。
阳光斑驳青石路，嘤嘤嗡嗡百蜂忙。

四

松鼠一只揽春光，槐花一串留余香。
泉水一杯爽心肺，细语一路情绵长。

2015年5月16日

京城抒怀

一

京城街头信步走，东南西北任我游。
不慕权贵居广厦，甘做天地一沙鸥。

二

遗少新贵遍京城，庙小院深有背景。
草根难觅立锥地，荒径有我踏歌行。

三

不甘沉沦谓已足，平淡一生不自哀。
虽说将相本无种，确有捷径登高台。

四

负笈求学十五年，江湖打拼三十载。
英年徒有报国志，迟暮空余济世怀。

五

治国纲肉食者谋，论天下人微言轻。
求公理舍生取义，道可道大道光明。

2015年5月24日

夏日杂感

一

旖旎春光未及享，烈炎夏日不可挡。
春归夏继寻常事，黛玉葬花徒自伤。

二

耕读传家济世艰，君恩浩荡难概全。
自古多少怀璧客，负笈行吟泗水边。

三

草野莽夫踏歌行，不求仙踪不求名。
野山野坡有情趣，野草野花有诗情。

四

杏树下把酒临风，谈笑间老友新朋。
恍惚中浑然天外，乍惊梦雉鸡两声。

夏日炎炎，难挡出行，绿水青山户外群一行19人游淄川太河莲花山，放松心情，寻觅诗句，几成我周末必修课，幸甚至哉，歌以咏怀！

2015年5月31日

六月七日登山随笔

一

麦收时节农夫忙，百万学子赴考场。
世人皆知稼穑苦，落魄书生忆寒窗。

二

王权恢恢罩九州，锦裳宝马不自由。
布衣草蜢少拘束，率土之滨暂忘忧。

三

烈日炎炎六月天，登山不惟意志坚。
远足幸有佳人伴，酷暑严寒若等闲。

四

茅道两侧生香艾，脚下石缝探黄花。
偶有彩蝶戏古木，山幽犬吠有人家。

五

好山好水好风光，野草野花野果香。
古树古井古村落，石屋石碾石院墙。

2015年6月7日

端午登山疗伤

一

股市暴跌人心慌，散户调侃欲投江。
惊恐未定端午至，家家依旧艾粽香。

二

东隅既失待桑榆，夏日难得有清凉。
收拾行囊驴行去，寄情山水可疗伤。

三

平日登山多休闲，勇者征途不虚传。
驴头带路拴不住，暴走一山又一山。

四

树丛翩翩彩蝶飞，崖顶徐徐松风微。
蓝天白云入怀抱，林间小道口哨吹。

2015年6月20日

六月二十八清凉夏日

一

工矿小区迎朝霞，寒暄问候有大妈。
洋房高楼不足羡，温情暖暖宜安家。

二

马鞍山下野草花，不与牡丹争芳华。
夏日浓浓千顷绿，晨雾淡淡一抹霞。

三

远山寺庙传钟声，古村漫步问农耕。
小巷遍寻无青壮，村头守望一老翁。

四

村民离乡弃农耕，庭院衰败屋尘封。
托体山阿有先辈，田园有梦归难成。

2015年6月28日

东京涂鸦

一

夕阳好时抵东京，彩云低垂晚风轻。
李杜在此无诗句，任我涂鸦写风情。

二

七月银座似火盆，满街尽是九州人。
大包小包忙扫货，金卡一刷买日本！

三

浅草寺旁古剑坊，技痒拔刀试锋芒。
江户武士可一战？无语店主老大娘。

四

晚风轻拂东京湾，自由女神立前滩。
古学盛唐今效美，勇敢扬弃为人先。

2015年7月12日于东京

温泉酒店

一

云绕酒店名水亭，树掩深壑长流川。
走马观花北海道，倦鸟归林宿深山。

二

自助料理多美餐，榻榻米上夜醉眠。
晨起舒骨温泉浴，采菊陶公不慕仙。

2015年5月14日于北海道

小樽风情

一

小樽风情谁人懂，运河拂过百年风。
艺人弹唱曲凄美，三五海鸥伴琴声。

二

古街奔放任徜徉，百年店铺多沧桑。
欧亚文化相辉映，千年修得礼仪邦。

2015年7月15日于北海道

回故乡

赴津求学年十八，有志男儿走天涯。
三十余载为异客，只有故乡才是家。

2015年8月16日于敦化

故乡三十载

家乡的风，
不醉人，
尽情地吹吧！

家乡的酒，
最醇厚，
大碗地干吧！

家乡的水，
似母亲的乳汁，
放肆地喝吧！

家乡的山，
葬着我的严父，
恣意地跪吧！

家乡的人，
都是亲人，
撒欢地喊吧！

家乡啊！
离你三十载，
我改变了容颜，
你还认识我吗？

亲你跪你抱你拥你，
无论我身在何处，
即使远在天涯，
我已嘱托我的宝贝女儿，
死后的骨灰，
扬在我撒过尿的水洼。

2015年8月17日于敦化

秋登鹤伴山

一

雨后秋山画屏风，拾级而上一醉翁。
俚曲呕哑得其乐，一路蝉声伴水声。

二

登山欲归天向晚，斜阳飞瀑意阑珊。
结庐相守濡以沫，清辉流萤观玉蟾。

2015年9月3日

重游花林

一

久违朝霞驱寒露，初开小花缀绿茵。
蓝天白云奢侈日，远足山林滤尘心。

二

花林山水旧曾谙，草木荣枯又一年。
村外山坳圣水观，品茶论道话桑田。

三

智者爱水仁爱山，山水常走祛愚顽。
狭小心胸容日月，便便大腹孕诗篇。

四

酒酣日斜秋风微，茅草漫道蚱蜢飞。
偶有壁虎惊逃窜，野趣撩人不欲归。

2015年9月13日

雨夜晚归

密密桐叶隐街灯，细细秋雨落无声。
人疾车缓心似箭，晚归家人忧心增。

2015年11月15日

穿行打仙岭

一

密林穿行汗湿裳，荒山野岭蒿草香。
远离市井脂粉气，忘却尘世名利场。

二

野菊撩人触柔肠，巨岩托体展骨刚。
独爱山行赏野趣，不惜三千粉黛妆。

三

果实累累果飘香，松风阵阵松凝苍。
晴空万里碧如洗，茅草曳穗漫山梁。

四

万家灯火暮色苍，妻儿盼归倚门窗。
皓首促膝屋檐下，青壮笙歌在高堂。

2015年10月2日

秋日杂感

一

日出而作日暮眠，风云变幻若等闲。
琼楼玉宇享富贵，何如市井百味甜。

二

案卷释手全心净，行囊在背一身轻。
风雨无阻寻梦路，世界之大任我行。

三

野菊缠绵意缠绵，秋叶斑斓梦斑斓。
山川寥廓心寥廓，江天高远志高远。

登山写诗，人生乐事。

2015年10月17日

霜降日石安峪观红叶

一

诸事不顺结愁肠，觅诗排解南山岗，
红叶好时逢霜降，朔风扑簌添秋凉。

二

仕途阻断草野行，雪雨风霜总关情，
春看百花秋赏叶，淡看城头换旗旌。

三

晨雾浸衣秋山静，万木惺忪浴清风，
缘石枯藤缀红叶，空谷偶传雉啼声。

四

百尺断崖眺炊烟，千顷红叶入眼帘，
白墙绿树石安峪，鸡鸣犬吠桃花源。

2015年10月24日

淄城雨雾

淄城初晓雨雾笼，高楼隐隐若仙宫，
街道熟稔如掌指，驱车赶早愧迷踪。

2015年11月16日

雨霁青岛

雨霁海天雾气升，鸥鸟齐翔健迎风，
环礁栈道听潮语，秋叶如花绚岛城。

2015年11月21日于青岛

校园即景

一

青桐寂寥残叶冷，白日清辉晨霭生，
迎春卧雪含花蕾，垂柳漫堤御寒风。

二

荒径衰草踏如歌，松柏遍植绿意奢，
湖边垂柳叶半树，冬日柔柔照残荷。

2015年11月28日，淄博律协青年律师演讲比赛在山东理工大学图书馆举行，欣然前去观看，图书馆前的小桥、回廊、人工湖、绿地，让我诗意萌动，即兴赋之。

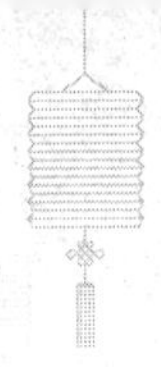

镇门峪观红叶

一

睡眼迷离锦被暖，晨色熹微斗室寒。
有约登山偶早起，心怜学子日日艰。

二

一室手足三兄弟，儿时相阋长东西。
殷殷嘱托付鸿雁，天寒勿忘着秋衣。

三

深潭秋水绿似墨，断崖红叶艳如火。
虬枝舒展柿满树，落叶缤纷诗半坡。

四

纵横川谷绿映黄，半树红叶傲秋霜。
山水如画镇门峪，村姑倚门理红装。

2015年11月1日

隆冬车行内蒙古

广袤原野冰雪封，松柏披霜素妆成，
雾霭苍茫天地近，三五喜鹊闹春声。

2015年12月15日于淄博至包头列车上

青州北崔崖

一

研案心难宁，夜半忽惊醒。
诸疑求百度，荧屏伴月明。

二

千谷柿染黄，万山初抹红。
会当凌绝顶，诗情如潮涌。

三

山下北崔崖，农舍十数家。
白墙山楂树，绿篱牵牛花。

四

兴尽出深山，又见车马喧。
诗情与画意，顷刻散如烟。

2015年9月26日

古街秋雨

细雨催秋凉，古街翰墨香。
巷深灯昏暗，店小货琳琅。
郁郁合欢树，泠泠布衣坊。
皎皎十五月，今日照他乡。

2015年9月29日作于周村古商城

漫天秋叶

闲暇偶拾浊酒杯，望断秋树醉意微，
移步林间风乍起，漫天落叶作雪飞。

2015年11月14日

雪后观山

一

连日雨雪终天晴，山中满目尽凋零。
曾谙幽谷景何异，雪地落叶似繁星。

二

青青岩石挂冰凌，冽冽溪流出峻岭。
千山苍凉残雪染，万树萧条松柏青。

2015年11月29日，再游鹤伴山，连日雨雪，路面、石阶冰洁，一路战战兢兢，但喜见溪流潺潺，相伴山行，虽夏日游玩不复见也。

冬日塞北行

一

青岩生玉树，苍山披银装。
车行内蒙古，瑞雪落蛮荒。

二

沙丘高低树，枝展玉珊瑚。
决眦佳好处，梨花漫山谷。

三

红柳覆沙岗，枯草牧肥羊。
日斜炊烟起，晚霞映毡房。

四

日行毛乌素，夜宿嘎鲁图。
壮士今出塞，野旷侠行孤。

五

野旷天地苍，梦远古今桑。
塞上英雄泪，雕尽弯弓藏。

六

残雪覆田野，枯树掩村庄。
阴山情难舍，千里伴还乡。

毛乌素：毛乌素沙漠；嘎鲁图：鄂尔多斯市乌审旗所在地嘎鲁图镇。

2015年12月18日于鄂尔多斯

冬日下江南

一

挥去塞北雪，旋即下江南。
荠麦绿田野，鹅鸭戏水湾。

二

朝圣夫子庙，秦淮游人织，
寻古乌衣巷，空余唐人诗。

2015年12月19日于南京

金陵访古

一

江南佳丽情万种，风流骚客争传咏。
秦淮人家今犹在，浣纱女子觅无踪。

二

神道石兽镇乾坤，大明太祖浩气存。
万千江河同日月，改朝换代英雄魂。

2015年12月20日于南京

岁末登轿顶山

一

云淡霭轻轿顶山，垒石成寨踞峰巅。
嶙峋危崖高百尺，苍遒侧柏破青岩。

二

雪消霜尽惟枯山，清晖无力驱岁寒。
寂寂幽谷传人语，掠空飞鸟失望眼。

2015年12月21日

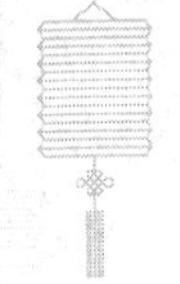

做客杨集庵

一

深山隐村杨集庵，颓败农舍十数间，
昏聩翁媪七八个，故土难舍守家园。

二

冬日灼灼耀群山，白雪恋恋不觉寒，
喜鹊喳喳惊枯树，村落寂寂升炊烟。

杨集庵隶属青州，位于青州与淄川交界的大山里，我们驴友一行15人翻山越岭，中午在村头遇见一耳聋的老汉，坚持拉我们到家里坐坐，于是在杨集庵老乡家的院里野餐。

2016年1月9日

冬日梧桐

一

夹道梧桐树，根连枝相交。
腊月寒风凛，一枚残叶飘。

二

梧桐披霜立，虬枝枯叶疏。
麻雀群栖上，风动逝去忽。

三

冬日华盖卸，更显躯干巍。
夜寒伴残月，雪霁沐朝晖。

四

梧桐引祥鸟，安家在树梢。
日暮空守望，不见鹊归巢。

2016年2月1日

沪上过年

一

祈福还愿迎猴年，城隍庙里人头攒。
上海老街求清净，喧嚣闹市有豫园。

二

金猴迎春艳阳天，百万游客涌外滩。
浦江两岸人如蚁，开埠钟声振宇寰。

三

百年长街睹变迁，人潮汹涌考迹难。
鱼水之情成追忆，南京路上好八连。

四

洋房里弄皆经典，黄金时代口碑传。
民国风云依稀在，名人遗迹浩如烟。

大年三十，一家人入住上海云南南路锦江之星酒店，初三回淄，往返乘高铁甚是便捷。原想安享假日，谁知处处人潮汹涌，大部分时间待在酒店里，也算过个清净年。

2016年2月9日于上海

南京游感

一

十里秦淮几度游，才子佳人梦不休。
乌衣巷口人为患，朱雀桥下水自流。
彩灯璀璨夫子庙，画舫荡漾白鹭洲。
饮食男女享其乐，幽古悯今空余愁。

二

夜半细雨涤金陵，钟山滴翠脾肺清。
灵谷寺中谒玄奘，音乐台上祈和平。
国父伟业千古仰，志士忠魂万世英。
汗青书尽无我辈，望门投止叹伶仃。

三

夜雨连绵侵古都，烟波浩渺玄武湖。
树树梅花迎风绽，对对野鸭逐浪浮。
六朝天祚倏忽去，三国霸业终归无。
是非成败皆由己，得失无须悔当初。

初二由上海回淄，初四驾车陪朋友赴南京游玩，我很喜欢南京这座融合南北文化的城市，虽游历七八次有余，每次都有不同的感受，此行成诗三首以记之。

2016年2月13日于南京

正月十三登鲁山

一

未赏十五月，漠然已忘年。
早春观冰瀑，故地游鲁山。

二

江南梅已艳，鲁地草木枯。
冰雪未消尽，春风入屠苏。

三

江南归有日，鲁山觅春踪。
山阴赏残雪，松柏郁葱葱。

四

蜿蜒似白练，冰涧出深山。
阳光晴好处，乱石溪水潺。

2016年2月20日

冬日咏梧桐

一

秋去万木枯，郁郁多霾冬，
行道闻喜鹊，老城有梧桐。

二

谁解案牍苦，释卷问斜阳，
霜重寒风凛，梧桐不自伤。

三

圣诞钟声杳，元宵花灯无，
岁月重归寂，梧桐悬铃初。

四

诗书空自华，庸碌满朝堂，
淡看风云起，梧桐历沧桑。

2016年2月26日

二月飘雪

二月寒去鹧鸪天，杨柳泛绿春阑珊。
晨起诧见天降雪，半是嗔怪半是怜。

2016年2月28日

小城春早

夹道梧桐虬枝展，如盘红日悬树巅。
倏忽鸽哨彻楼宇，风清景明惊蛰天。

2016年3月4日

惊蛰日再登搁笔寨

一

燕归柳绿春含羞，寒意悱恻去还留。
昨夜惊雷犹在耳，远足山风凉似秋。

二

涉险魂惊搁笔寨，回眺雾笼小口头。
深山有村无人迹，断壁颓垣勾闲愁。

惊蛰日随永乐户外俱乐部由淄河镇小口头村缘山而上至搁笔寨，途中两山隔断，断裂处百米悬崖，前年秋天反向行之，于断崖处自下而上，已觉胆寒，此次由上而下，几乎不敢前行，在其他驴友的帮助下，两腿战栗，涉险通过。曾有一淄博驴友在此罹难。

2016年3月5日

早春游金牛山

一

春风初吻金牛山，悬壁道观笼寒烟。
崖下古树绽新绿，殿前学童询老聃。

二

泗水寻芳识东风，琅琊放歌有醉翁。
春山未染强作赋，陈词聒耳老凤声。

初次跟好心情户外俱乐部赴博山石马镇五阳湖、登金牛山，山上有几处道观，寂寂无名。天地氤氲，春寒料峭，虽树木吐芽，但放眼仍是荒山秃岭，远没到踏青的时节。

2016年3月13日

初春登鹤伴山

一

村边柳绿杏花妍，枯山蒿草露芽尖。
登山踏青为时早，小童啼哭不欲前。

二

春山未染涧水潺，闲云幽谷世外天。
青石岩上相对饮，山野风里度流年。

2016年3月19日

初春校园

一

婷婷花树映清池，春风醉吻新剪枝。
姹紫嫣红指日待，最喜桃花欲开时。

二

杨柳吐芽萌生机，鸟雀恰恰枝间啼。
紫藤架下春日暖，情侣窃窃问花期。

2016年5月18日，淄博律协在山东理工大学杏园召开律协理事会，我作为监事列席。是日，春日暖暖，万物欣然，会后漫步校园，幸得诗作以记之。

印台山赏杏花

一夜春风来，远山杏花开。
倾城赏花去，村犬吠声衰。
杏花今又开，赏花登印台。
人比杏花闹，集市徒自哀。

杏花年年开，几度赏花来，
花海人嬉笑，独我暗伤怀。
杏花树下餐，蜜蜂忙花间，
偶有微风起，花瓣落肴盘。

2016年3月20日

出行婺源路上

一 过临沂

劳作农夫田间炊，纵横阡陌春色微，
谁家茔地添新冢，寂寞远村有余悲。

二 近南京

远江高楼摩天耸，近水桃花漫堤红，
农舍院柳垂新绿，油菜花田醉老瞳。

三 宿屯溪

山遥水迢古村幽，夜宿屯溪老街头，
临轩把酒恣意醉，梦里徽州几度酬。

四 临婺源

学步老子游逍遥，千里婺源觅春娇，
杏花雨中思元晦，杨柳风里诵离骚。

2016年3月24日于黄山

寻芳查平坦村

古村深深寻无涯，傍山错落数十家。
俯瞰梯田菜花灿，白墙黛瓦探梨花。

2016年3月25日于婺源

徒步虹关至官坑

酒醺辞虹关，徒步意气昂。
山涧溪水洌，驿路菜花黄。
古道千年瘦，春风十里香。
向晚官坑至，疲背驮夕阳。

2016年3月25日于婺源

官坑晨起

夜寒霜露结，圩埂步湿鞋。
花田惊宿鸟，驿路觅遗牒。

2016年3月26日于婺源

览胜庆源村

一

桃红梨白映菜花，小桥流水近农家。
千岁银杏滨河立，百年老宅沐朝霞。

二

闲步窄巷探农家，石板桥上赏梨花。
清溪老宅南柯梦，桃花源里饲鹅鸭。

2016年3月26日于婺源

惜别徽州

浓雾锁群山，归途意阑珊。
徽州只三日，心远逾岭南。

2016年3月27日于婺源返淄途中

送小女进京求学

一

窗前梨花盛开时，小女赴京求新知。
少小离家失呵护，旦夕冷暖惟自持。

二

清明无雨天阴沉，送女求学辞家门。
移目梨花忍泪眼，怜其年少未成人。

三

进京途中心难宁，尘海孤舟始飘零。
豆蔻小女未解世，寻常出行笑语盈。

小女赴北京新东方学习英语，计划6月18日考雅思，若一切顺利，将于今年9月底去澳大利亚悉尼留学。子女迟早要离开父母身边，但小女尚不满16周岁，自此将远隔天涯，于心不忍，欲语凝噎。

2016年4月2日于淄博赴京列车上

圆明园咏柳

柳丝风动拂面微，佳人秀发撩心扉。
老夫顿生怀春意，望湖轻吟一剪梅。

2016年4月3日于北京

春归齐山

一

谷深峰峦嶂，岚气蔚霞光，
春山初染绿，桃花倚断墙。

二

泉水出峭壁，黄花落青衫，
钟声传幽谷，鸟瞰醉扶栏。

律所组织赴齐山踏青春游，虽多次登齐山，景致谙熟于心，但对山之喜爱，每次都能涌出诗情，甚慰。

2016年4月9日

雨中五阳湖

一

暮春四月甘霖迟，出行恰逢雨如织。
滨湖酒家五音戏，转山墨客七言诗。

二

榆钱半树桃花残，鸡鸣雉啼应互间。
七八钓客垂湖柳，二三渔船摇雨烟。

2016年4月16日

谷雨梧桐

谷雨梧桐新叶疏，黄狗黑狗树间逐。
二三老者痴晨练，四五学童赶早读。

今日谷雨，适逢我阴历生日，清晨上班路上心情颇佳，祥和的街景顿觉通体舒坦，诗意油然而生，遂记之。

2016年4月19日

与友重聚游白云山

一

去岁寻仙饮柳泉，而今访道探云山。
红尘咫尺遥相忆，重聚经年转瞬间。

二

身老何妨援翠枝，手拙无碍附青石。
槐花谷底播香远，山脊黄荆吐绿迟。

去年春初，黑土大叔邀请到聊斋园一游，转眼经年，今重聚游邹平白云山，暮春时节，槐花飘香，忘年之交，诗短情长。

2016年4月24日

乘夜车赴京看小女

夜阑顾自梦，不妨千里行。
或是思女切，晨兴天未明。

2016年4月30日凌晨于Z8列车

五月京城

一

桐花不解桂花香，野柳无攀御柳妆。
五月京城絮如雪，浮沉无意入宫墙。

二

春归五月紫红稀，佳木成荫俊鸟啼。
大殿高门趋若鹜，独享城外柳风堤。

近年来喜欢写小诗记录心情，多发QQ、微信朋友圈炫之，获赞多多，亦有朋友质疑，所写古诗否？不敢应对。感谢陈庆连兄弟兼诗友，不吝指教我七绝格律，此两首小诗成诗须臾，斟酌平仄逾日。今起，将严格按古体诗韵律为诗。

2016年5月1日于北京顺义牛栏山北京工业大学耿丹学院

夏初蔷薇

窄巷寻芳无所期，东西庭院有花篱。
蔷薇万朵胜春色，争似西湖烟柳堤。

2016年5月5日立夏

清晨漫步偶拾

步道绿廊槐树茂，街心花圃蔷薇红。
晨风不语荡遗梦，旭日无声催漏钟。

2016年4月27日

吟济南珍珠泉

梧桐擎御伞，垂柳掩溪亭。
清照凄词美，乾隆信笔精。
古今天地事，中外岳洋情。
纨绔空留种，寒儒圣殿鸣。

珍珠泉，山东济南的第三大名泉，位于济南旧城中心，今泉城路珍珠泉礼堂内北面，明清时期为山东巡抚驻地，匾额为乾隆皇帝御笔亲题，现为山东省人大常委会驻地。据考为李清照著名词句“常记溪亭日暮，沉醉不知归路”之溪亭所在地，现在也有亭，当然非当年之溪亭。山东省第二届破产法论坛在此召开，有幸下榻珍珠泉宾馆。

2016年4月31日

驻足稷下湖

一

拂晓浓荫处，凌霄兀自娇。
锦鱼出水面，布谷唤声遥。

二

愁肠积宿酒，冷面浴晨风。
桃李垂青果，鹃莺和悦声。

稷下湖：山东理工大学一人工湖。

2016年6月3日

学府感怀

年来多嗜睡，困盹若孩婴。
出入无书卷，闲暇对画屏。
身临学府地，怀涌子衿情。
回首蹉跎岁，余生寂寞行。

从租屋步行到山东理工大学约20分钟，接连两日早睡早起，漫步校园。庆幸淄博能有一所大学，令我能不时来到这里缅怀自己曾经的求学生涯，环绕稷下湖，自然想起当年天津大学的青年湖、敬业湖，那里留下了我的读书声，记录了我青春的萌动。

2016年6月4日

云明山有感

商场周旋苦，驴行四季钟。
掌开千岭雾，脚踏万山松。
官宦循王道，草莽觅野踪。
莫愁前路阻，头顶有晴空。

2016年6月5日

学子吟

又逢高考季，情悯动雷公。
学子拼金榜，甘霖润茂桐。
寒窗砥砺苦，皓月虑思穷。
才俊今出岫，他日缚猛龙。

2016年6月7日

再游北崔崖

清溪出翠谷，绿树掩桑田。
红杏柴门倚，黄瓜木架悬。
穿行杂木丛，跋涉断崖巅。
一瞥佳人笑，惊鸿万座山。

2016年6月10日

三十五摄氏度天峨庄登山

一
谷底鸡鸣懒，山顶犬吠勤。
人行坡半道，青杏触头频。

二
山路青石阻，攀缘酷暑艰。
俯仰迎烈日，回望百层田。

三
老树生荒野，枝垂果坠低。
鸟栖轻振翅，杏雨落无息。

今天35℃，赴峨庄前沟村登米山，因天气炎热，山上高树稀少，烈日炎炎，举步艰难，仅翻越一个山头便顺着山谷返回。前沟村是个典型的山村，村落主体在山谷，绿树掩映，沿两侧山坡渐次筑屋。我们一行近30人从半山腰的硬化路面进山，路边多种植杏树，枝丫遮道，一路青杏触面，出村进山，每逢杏树，却见一树橙黄，飞鸟惊去，便有熟杏落下，同行驴友纷纷采摘，我仅从地上捡拾几粒食之。

2016年6月19日

郝峪山行至花林

峪口亭亭树，山间浅浅溪。
巨石恣意布，异鸟悄然栖。
光洒斑驳道，风侵汗渍衣。
青藤缘峭壁，驴友步云梯。

2016年6月25日

夜半忧思

夜半忽惊觉，狐疑闹市眠。
榻边鼾呓噪，窗外雨雷喧。
逆旅羁宾舍，修习慕法渊。
忧思驱睡意，辗转憾流年。

6月26日至7月2日，承蒙淄博仲裁委员会安排在中国政法大学北京昌平校区学习一周，自2009年于山东大学法律硕士毕业后，除在山东理工大学偶有培训外，没再步入大学校园，此次修习，深感荣幸。法大的各个教学楼和学生宿舍都有着传统文化和法治文化浓郁的名字，其中图书馆名曰法渊阁。

2016年6月28日

法大感怀

晨风驱暑热，夜雨荡浮尘。
身染诗书气，心融法治氛。
随波逐利禄，踏浪尚精神。
前辈从容去，薪火继后人。

2016年6月29日

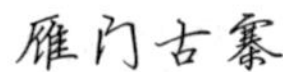

雁门古寨

释卷田园梦，雁门古寨行。
米无石碾弃，人去土屋倾。
孤犬空村吠，群虫败巷鸣。
红尘心已倦，何处觅乡情。

2016年7月3日

紫峪放歌

深潭积紫峪，望水慕农家。
仲夏一池碧，初春两岸花。
鸣虫吟夜月，飞鸟翥朝霞。
兴至三杯酒，闲来半碗茶。

2016年7月10日

丙申年回故乡

一

打点行囊竞返乡，儿时玩伴聚一堂。
喜说独子如龙马，慎问双亲可健康。
首皓齿豁情不老，酒酣箸冷话绵长。
南柯一梦三十载，执手难言万里霜。

二

卅年风雨万般谋，两鬓斑白志不酬。
情系丹江①恩未报，梦回葱岭②泪空流。
同窗欢聚歌湖畔，邻里相邀醉绿洲。
长使金樽盈对月，无为辛苦觅封侯。

注：

①丹江，即牡丹江，发源于敦化市江源镇的牡丹岭，当地称丹江，市区设有丹江街道办事处。

②葱岭，即寒葱岭，在敦化南50余公里处，横亘东西，是松花江与牡丹江的分水岭，岭南的水都流入松花江，岭北的水都流入牡丹江，岭的最高处海拔1000多米。

2016年7月29日

贤儒小镇之荷塘

一

清幽小镇有池塘，荷艳蛙鸣稻米香。
山雨突来添野趣，未及擎伞天已阳。

二

半塘萍聚半塘荷，碧野环拥绿意奢。
近水赏花突遇雨，蛙声十里颂欢歌。

余回乡省亲，高中同学十八人寻贤儒镇一度假村聚会，度假村位于群山沃野之中，比邻一池塘，木桥、凉亭架于浮萍、荷花之间，虽值盛夏，凉风习习，同学叙旧，忘情于山光水色之中。

2016年8月2日

江源漂流

人众江源聚，漂流竞五舟。
林深惊鸟去，水缓恋鱼游。
曲岸追逐戏，湍流混战休。
衣湿浑不觉，小憩柳荫幽。

2016年7月30日，与妻子一家众亲戚20余人赴牡丹江源头漂流，年龄自我以下者11人驾五支皮筏顺江漂流，我与女儿一舟，每舟备一水盆，漂流途中互相泼水。我与女儿最后出发，一路赏景，江水穿过人迹罕至的森林，沿岸水柳婆娑，遮阴蔽日，枝丫伸展，几处横斜覆于江面，需低头从树枝下穿过，甚是清幽。正当我沉浸在诗情画意之时，妻弟们于前伏击，一阵倾盆狂泼，顷刻全身湿透，五支皮筏互相攻伐，须臾众人皆与落汤鸡无异。江源水流舒缓，仅两处河道狭窄，乱石堆积，水流湍急。漂流七八公里，耗时约一个半小时，聊发少年狂，心甚慰。欢乐之景多日萦怀不去，追记之。

2016年8月7日

登临山海关

开疆拓土筑雄关，山海威名震宇寰。
罹剑秦王成一统，挥鞭魏武鼎三藩。
千秋霸业终归土，万丈雄心尽化烟。
遥寄乡关思暮雨，长城内外有家园。

余祖籍山东，生长在白山黑水之间，父母均系1959年支边到东北，年幼既知老家在遥远的关里，有爷爷奶奶姥爷姥娘等一众亲戚，那时关里的概念就是一个地方，及至上学以后方知神秘的山海关，知道了关里关外的称谓。1969年中苏珍宝岛生战事，东北形势吃紧，母亲将我和哥哥送回山东老家寄养，姥姥家一个，奶奶家一个，时年我两岁，哥哥六岁，那是我生命里的第一次入关。战事平息，我四岁时和哥哥回到父母身边。时隔十年，14岁，跟随哥哥回山东老家探亲，记忆里的第一次过关。火车停靠山海关车站，听说在车上能眺望到山海关，我趴在车窗上望眼欲穿，却什么也没有看到。后来在天津上大学，年年关里关外穿行；再后来大学毕业分配到山东工作、成家、育女，几乎每年都要回东北省亲，火车白天过山海关，少不了心里一阵小激动，夜里过关，总是莫名其妙地醒来，山海关一直是我心中的一个结。今知天命之年，律所组织旅游，方得一见，可惜走马观花，且不断有当事人的电话打进来，情绪未及酝酿，勉强成诗一首。有生之年，定再来细细品味。

2016年8月13日

青州范公亭

青州访古情，拜谒范公亭。
宋柏彰嘉迹，唐楸颂盛名。
千秋辞赋著，万代品德旌。
忧乐怜天下，丹心照汗青。

2016年8月14日

游金牛湾遇雨

细雨驱残夏，蝉歇草木声。
溪湍逐落叶，湾邃荡孤篷。
水涨接烟树，云游绕雾峰。
东西牛角走，山水又一程。

牛角湾位于山东省淄博市淄川区岭子镇西南部的青阳河畔。牛角湾有一个美丽的传说：很久很久以前，牛角湾还是一个浅浅的小水湾，大旱之年时常干涸。附近村庄的居民常常在湾边饮牛。有一牧童，心存仁厚，经常给孤寡老人挑水砍柴，他给东家放牛，每次黄昏在湾边饮牛时九头牛就变成十头，牧童不解，有一个鹤发童颜老者，告知此牛是金牛，并给牧童一粒瓜种，嘱知，待七七四十九天瓜熟，以瓜击打金牛，此牛便归牧童。此事被东家知晓，便在四十八天偷此瓜击打金牛，金牛负痛一角撞进了湾边的悬崖，霎时一汪清流从悬崖里流出来，小水湾变成了大水湾，就是大旱之年再也没有干涸。从此，人们就把这个大水湾叫作牛角湾。牛角湾附近的两个村庄也因此而得名，东边的村庄叫东牛角村，西边的村庄叫西牛角村。金牛哪里去了？传说金牛钻入了牛角湾东南的山中，这座山就是金牛山。

2016年8月20日

禅寺秋晚

般阳寻胜迹，禅寺日夕佳。
荒径惊飞鸟，丹墀浴落霞。
云青垂殿宇，林黛掩草花。
唱晚秋虫劲，晨行老骥乏。

2016年9月10日

中秋伤故园

世变山河故，家衰愧祖先。
新城多败墅，沃野有芜田。
寂寂中秋月，戚戚半树蝉。
乡关何处是，皎月照残垣。

2016年9月15日

独伴秋山

一

野旷舒心志，山深写意佳。虫鸣衰草丛，鸟宿老枝丫。
云淡黄花妩，风轻红叶狎。醉拥秋万里，何故恨长沙。

二

田园寻宿梦，愚叟效陶公。幽谷观青嶂，朗峰览碧空。
道荒无牧迹，林远少樵踪。独坐秋山伴，霞飞暮渐浓。

2016年9月28日

邂逅古村

黄犬慵檐下，小儿戏栅篱。
环村三面嶂，穿寨一条溪。
古树沧桑布，老屋岁月积。
板桥闻喜鹊，雨细不沾衣。

国庆假期随绿水青山户外俱乐部赴莱芜逯家岭穿越，驱车从姚家峪经岭西，在博山和莱芜交界处，弃车登山，翻过山梁，见一村落，名曰北阁，隶属博山域城镇，小村静谧、闲适，三面被高近千米的山嶂环绕，北面嶂顶，人烟依稀，便是莱芜茶叶口的逯家岭，我们一行30人，穿村而过，开始计划的行程。

2016年10月2日

嶂石岩二题

登主峰

太行分晋冀，盘古斧削蛮。
劈就千寻嶂，砸开百尺渊。
峰危绝壁耸，路险断崖悬。
日暮山行罢，归途始胆寒。

国家级风景名胜区嶂石岩，位于石家庄西南的赞皇县境内，是太行山森林公园精华所在，景区最高点主峰黄庵垴（海拔1774米），站在主峰可看到两省五县。景区的地貌经由国家旅游、地质部门鉴定为“嶂石岩地貌”，以嶂石岩命名的嶂石岩地貌和丹霞地貌、张家界地貌并称为中国三大旅游砂岩地貌。

槐泉寺

太行逢古寺，隐迹远人家。
背倚千重嶂，怀拥万缕霞。
岩间生碧树，殿顶绽黄花。
钟响秋山静，老僧煮客茶。

位于嶂石岩风景区中部。这里地表形态复杂，当地人流传俗语称“层层叠叠纸糊套”，是这里山势重叠的形象写照。纸山呈圈椅状，三面壁立千仞，中国一涧称“槐泉峪”，槐泉寺坐落其中，因地处槐河源头附近，故而得名。槐泉寺始建于晋，唐代天宝年间重建，清代为山洪所侵，仅存庙宇三间。1949年后政府多次投资修缮，1990年重建。镇寺之宝千年黑桲树，据说已生长了1500多年。入寺但见殿顶碧瓦之上，遍布金灿灿的野菊花，应是山风长年累月带来尘土积聚、带来花籽，给肃穆的寺庙，带来盎然的秋趣。

2016年10月6日于嶂石岩

故地红叶

一

秋深红叶好，霞落漫山川。
峻岭披文锦，危崖覆蔻丹。
佳人依绮树，细雨漉青衫。
故地寻谙景，拂风忆旧颜。

二

登高行故地，雁去又深秋。
林尽兴难却，山穷意未休。
村偏惊犬咽，城远喜鞭稠。
红叶佳人笑，一瞥解百忧。

重阳节后，时已深秋，随徒步天下户外俱乐部赴博山观红叶，由和尚房穿越至伊家楼，虽天降小雨，衣衫尽湿，但红叶漫山，披岭覆崖，余心甚乐。去岁亦徒步此线路，但反向行之，今同行人异，感怀过往，不胜唏嘘。

2016年10月15日

徒步黄河口

一

古老黄河口，穹庐罩莽原。
柳风撩秀发，苇浪荡云天。
湿地群鸥起，晴空众鹤旋。
孑然行故道，沧海一归帆。

二

黄河天际泻，河口旷无涯。
寒水低云黯，疾风细雨狎。
临塘展鹤翅，遍地荡芦花。
徒步三十里，廉颇酒饭佳。

参加淄博挑战者户外俱乐部2016首届相约黄河入海口徒步行活动，从西大门至远望楼，全程20公里，风疾雨密，难阻情切，一路游玩，途经东方白鹳观赏区、鸟岛、芦苇荡穿越区、柳林木栈道、大雁放飞区、湿地公园，耗时近五个小时，感觉颇佳。

2016年10月22日

齐地踏歌行

襟怀八百士，纵马踏齐桓。
饮罢招夫寨，歌行望鲁山。
心随荒野阔，情动大江澜。
瀚瀚黄河口，孑孑念祖先。

2016年10月25日

深秋夜雨

闭户拾书卷，难卒四五行。
萧萧风撼树，沥沥雨敲窗。
寒夜罗衾暖，深秋落叶凉。
容戚衰草色，心乱败荷塘。

2016年10月27日

山村秋晨

羊倌驱宿霭，畋犬吠炊烟。
喜鹊村前树，野菊屋后岩。
朝霞茅草地，秋叶碧云天。
横亘千重岭，连绵万座山。

2016年10月30日

过青石关

临关思孔孟，跨界念齐桓。
雪地青麦露，岚山白日悬。
荒村湮古道，断壁伴残关。
壮士征沙场，挥旌望鲁山。

2017年最后一天，随“驴行天下”徒步青石关、望鲁山、天星湖。这是淄博户外俱乐部的一条传统线路，我亦第三次亲临青石关。青石关现为淄博和莱芜的交界点，越过青石关，穿过博莱高速的高架桥，便是在莱芜境内的望鲁山，从山上兜一大圈，回到博山境内樵岭前的天星湖。

春秋时期，齐国修筑长城，以御鲁、楚，在此修建关隘。青石关原为齐鲁要道的咽喉，北有齐国国都临淄，正处于双峰对峙、中为一线天的谷口之南的制高点上。青石关古道长3公里，宽28米，古称“瓮口道”，现称“关沟”，是夹在群山之间通往青石关门的小路。这条不足几公里的峡谷，两侧山峰苍翠，壁如刀削，接近关门处，是关沟最狭窄、最难走的地方，两边峭壁雄峙，山势呈“V”形，最窄处不足两米，过去只能通行一辆木轮车，一旦堵塞，两三天不能通行。关北沟青石板谷坡上留有当年独轮车的辙沟，深达15~20厘米。青石关地势险要，素有“齐鲁第一关”之盛名，更有“一夫当关，万夫莫开”之说，历来为兵家必争之地。不仅是齐长城著名的关隘，还是闻名遐迩的齐鲁故道。这里是军事要塞，又是交通中枢，故设重关镇守。清咸丰年间，曾国藩为镇压捻军曾在此巡视住宿，原有“曾王所栖处”碑，今犹存住宅。

2016年10月31日

晚秋山行

流绚秋将去，江天尽染霜。
人声传峪口，履迹逝山梁。
霭重群峰隐，风轻阵雁翔。
迷踪值野叟，问路向何方。

2016年11月6日

柳花村

莽莽群山坳，有村名柳花。
煦风迎草树，寒水戏鹅鸭。
残叶吟诗宜，枯枝入画佳。
初冬逢暖日，连翘误抽芽。

海上房

漫漫天涯路，遥遥海上房。
山危拼五岳，壑险比三江。
卅里无余力，七时有辘肠。
古村酣饮罢，豪气醉斜阳。

暖暖的冬日，最高气温竟达20℃，随徒步天下户外俱乐部早晨八点半由淄川峨庄柳花村登山，十七八公里的山路，翻过20多个山头，一路拔高，莽莽群山，路途遥远，恐饱饭后无力行走，不敢进食，精疲力尽，几近崩溃。下午两点四十分终于到达慕名已久的古村海上房，先期至此的朋友老酒、东海已在村头大树下对饮多时，遂加入。酒后沿着山间的机耕路一路下山，行一小时，下午四点抵终点西石村。

海上房坐落于淄川峨庄的大山深处，海拔700多米，建庄于清朝中期，有郎、赵、郑、韩、谭五姓氏居住，繁衍生息，相传至今，绵延200余年。关于村名有一个古老而又美丽的传说：远古时，大概是人类的洪荒时代，这里是一片汪洋，汪洋中有座孤岛，岛上只有几户土著居民居住，人们靠渔猎生活，随着岛上的居民增多，人们搭房建屋，自然形成了大海中的房子，也许这就是“海上房”的来历。由于土地瘠薄，水源不足，交通闭塞，村中居民于1994年后分批迁居，现村中只有被淄博驴行界称为仙姑的赫赫有名的孙姓老妪一人居住。

2016年11月13日

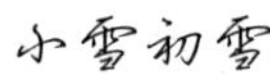

寒潮侵古道，暮雨浸柴扉。
夜晦风摧树，晨明雪满陂。
天高霜气冷，日远光芒微。
野旷无人迹，觅诗不欲归。

2016年11月22日

太河登方山

幽谷清霜锁，霭升霞漫坡。
柿红枯树挂，柏翠断崖隔。
残雪积林地，雉鸡惊草窠。
群山环浩水，漾漾泛鳞波。

2016年11月26日

大明湖冬夜

明湖夜色泛清寒，钓叟无心四五闲。
初上霓虹空寂寂，柳梢绰绰冷星悬。

2016年12月1日

烟墩角观天鹅

抒意烟墩角，遣情俚岛湾。
金鳞拂岸寂，白羽弄波闲。
千喙鸣苍海，两鹄翔碧天。
渔歌夕照里，顾恋忘冬寒。

2016年12月4日

油篓寨

落叶积霜径，枯枝逸藓岩。
驻足油篓寨，放眼雁门关。
薄霭弥空谷，孤烟起远山。
村夫闲采药，偶遇诉时艰。

2016年12月10日

登大峪顶

冬月行黑峪，印踪枯叶弥。
风飙人不觉，日煦岭应悉。
青松掩衰草，白雪覆荒畦。
吁吁登峪顶，邈邈众山低。

从张店车行两个多小时，到达沂源境内的黑峪水库，弃车穿行黑峪。黑峪短小、狭窄，也就几百米的样子，茅道上积满了宽大的栗子树叶，松软的落叶踏过无痕，阳光还没有照进山谷，显得幽暗，山谷两侧一边是青松挺拔，一边是枯树高耸，遮天蔽日，唯闻风声猎猎，却毫发无觉，行走其间，心情豁然开朗。登大峪顶还是费了些劲，一路拔高，气喘吁吁，汗透衣衫。大峪顶是沂源和博山的界山，翻过山梁就到了博山境内，沿鲁山林场的防火道经路峪，到达博山池上的店子村，全程10公里左右，用时3个多小时。

2016年12月17日

复寻海上房

不觉年将尽，复寻海上房。
寒山冬雨杳，枯树朔风凉。
心念村中妪，足行地上霜。
终南归可隐，朝野共德殇。

远行搁笔寨

远行搁笔寨，囊酒背驮天。
云黯压苍柏，日疏辉碧潭。
梯田百层雪，盘壑一川岚。
极目岭环岭，置身山外山。

年终随互助联盟山东大队户外俱乐部出行，上午九点自淄川太河镇西石村启程登山，经九龙寨、搁笔寨，一点左右达到海上房，在海上房野餐后，下午三点返回西石村，全程大概十二三公里。登山途中轻风淡云，冬日时隐时现，虽预报有雨，直至到达海上房，天空才飘起小雪，抵达山下，小雪变成绵绵细雨。此行没有朋友相伴，余独自一人行走荒山，与前后队皆相距几百米以上，独享大自然的旷达，沉浸在诗意里，甚慰。

2016年12月25日

雨雪玲珑山

冬雨如期至，饶增野意浓。
驴行崖峻峭，猫索洞玲珑。
游云寻有迹，落雪觅无踪。
近午天愈黯，倏忽山几重。

玲珑山在青州西南16公里处，海拔567米。峻峰锐起，耸拔突兀，为一方之冠。北魏时期的大书法家郑道昭留在这里的几处“魏碑”真迹，更使得玲珑山闻名遐迩。玲珑山玲珑剔透的怪石，形态各异的洞穴遍布山体。远处望去像一块巨大的盆景石搁置在天地之间。它三面崖壁陡绝，只有一条蜿蜒小径可以通达山顶。山顶瑶台王母宫东墙，有清康熙十一年青州府学教授魏世名的“游北峰山记”石碑。

2017年1月7日

腊月十七登禹王山

暮春识北岭，腊月禹王山。
犹觉槐花馥，仍观柏叶繁。
风吹林落雪，日耀地生烟。
霁色盈幽谷，远村五柳闲。

2017年1月14日，农历腊月十七，随徒步天下户外俱乐部访古禹王山、徒步北大岭、行走九龙峪、穿越齐长城。

禹王山系原山之主峰，位于博山区岭西村，主峰海拔797.8米，相对高度约550米，因其峰建有禹王殿，俗称禹王山。禹王山有古齐长城遗址，山阴有虎牢关，也系长城之要塞，是淄博市博山区、济南市莱芜区和章丘区三地的界山，山脉连绵数十里，面积约100平方公里。

2017年1月14日

丁酉年近心澜

一

吉猴屈指去，海曙报祥鸡。
连日雾霾重，经年琴瑟稀。
吟诗表心乐，纵酒掩情戚。
半百无成事，躬身做布衣。

二

倦鸟知林返，江湖浪走疲。
隔洋思爱女，共榻念贤妻。
屋外寒霜雪，家中暖被衣。
亲人足慰藉，陋室可栖息。

2017年1月18日

梦归山野

隐居山野外，日暖卧磐石。
黄鸟戏前树，青蛙鸣后池。
孤独聊伴酒，寂寞且为诗。
四季风来顾，晨昏草木知。

2017年1月20日

重识鹤伴山

一

深岭钟声杳，樵途鸟迹罕。
水长凝玉瀑，溪细聚碧潭。
木末微风起，云涯煦日悬。
疏林难隐雉，残雪染枯山。

二

旧景宜人最，三行鹤伴山。
虫鸣晨观寂，雉唤暮林阑。
峰转知溪黛，谷升谙路弯。
结庐槐树下，吟诵可终年。

鹤伴山位于邹平市境内，地处山东省的邹平市与章丘区交界处，系长白山脉，白云山系，向有“泰山副岳”之称。地形复杂多变，山势陡峭、谷壑幽深，河谷、瀑布、跌水众多，涧谷景观，各具特色。距淄博市区30公里，距济南市区不足50公里，是山岳型自然风景区。东岳享天下，独钟鹤伴山，余常至此登山健身，散心觅诗。

2017年1月21日

途径宁波游月湖

月湖寻胜迹，信步拱桥东。
峣榭青竹掩，深宅碧水拥。
雪汀接暮霭，烟屿送晨钟。
曲径回廊处，梅花数点红。

宁波月湖开凿于唐贞观年间，宋元祐年间建成月湖十洲。南宋绍兴年间，广筑亭台楼阁，遍植四时花树，形成月湖上十洲胜景。分别是：湖东的竹屿、月岛和菊花洲，湖中的花屿、竹洲、柳汀和芳草洲，湖西的烟屿、雪汀和芙蓉洲。此外还有三堤七桥交相辉映。宋元以来，月湖是浙东学术中心，是文人墨客憩息荟萃之地。唐代大诗人贺知章、北宋名臣王安石、南宋宰相史浩、宋代著名学者杨简、明末清初大史学家万斯同，这些风流人物，或隐居，或讲学，或为官，或著书，都在月湖留下不可磨灭的印痕。

2017年1月25日

母校寻初

母校应无恙，恓惶觅迹初。
舒林温暗恋，暖径哂伴读。
念念求实馆，莘莘敬业湖。
当年俏师妹，秀发为谁梳。

陈珠江同学自深圳到北京开会，邀我及京津同学到天津聚会，余积极响应。同学聚14人，班主任单忠强老师亦参加。酒酣之余，到校园走马观花。离校28年，校园虽变化颇大，但旧景依稀。寻迹于北洋广场，求实会堂史绍熙校长开学典礼上的殷切希望言犹在耳，时光荏苒，已是人去馆殁。忆起青年时期的羞涩及萌动，不禁莞尔，作诗以记之。

2017年2月18日于奉化溪口

武岭祥春

咿呀童稚语，恰恰画眉啼。
武岭丁伐木，剡溪女浣衣。
俊山出秀水，佳地泛祥曦。
忠孝持家久，功德代代积。

武岭之名，一说是取意晋陶渊明《桃花源记》武陵，武岭与武陵谐音；一说是其独以武岭名者，殆取义于武德。武岭门是溪口镇的门户，用略带粉红色的块石砌成。武岭门内，三里长街与蜿蜒剡溪相依相伴，宛若世外桃源，仿佛陶渊明《桃花源记》中描写的“武陵”景象。武岭路三里长街就是蒋氏父子从小生活的故乡，沿街有小洋房、蒋介石的故居丰镐房和出生地玉泰盐铺。武岭门1929年前还是个小庵堂，蒋介石的母亲笃信佛教，常到这里念经拜佛。1930年被蒋介石改建为三间两层的武关式城门建筑。门额两面都镌“武岭”题字，正面为国民党元老、著名书法家于右任所写，背面是蒋介石亲笔手书。

2017年1月26日于奉化溪口

印象绍兴

夹道樟枝茂，滨河柳叶疏。
乌篷摇窄巷，白鹭振平湖。
兰郁侵吴地，梅香漫越都。
拈诗千树雪，把酒万竿竹。

2017年1月27日于绍兴

腊月二十九登雪窦山

观松雪窦山，听瀑丈千岩。
最喜梅花妩，更怜兰草蕃。
高台瞑悟道，古刹静参禅。
年尽心无觉，云游四海闲。

雪窦山位于浙江省宁波市奉化区溪口镇西北，为四明山支脉的最高峰，海拔800米，有“海上蓬莱，陆上天台”之美誉。雪窦山因北宋仁宗皇帝梦中到此一游而得名“应梦名山”，以优美的自然风光著称，标志性景点包括千丈岩、雪窦寺、三隐潭、徐凫岩、妙高台以及全球最高的铜质坐姿弥勒佛造像。位于雪窦山心的雪窦寺，创于晋、兴于唐、盛于宋，至今已有1700余年历史，千百年来，香火旺盛，高僧辈出，与杭州中天竺永祚寺、南京蒋山太平兴国寺等9寺并称“天下禅宗十刹”，是弥勒的根本道场。浙江宁波雪窦山与山西五台山、浙江普陀山、四川峨眉山、安徽九华山齐名中国五大佛教名山。

2017年1月26日于奉化溪口

伤沈园

默诵钗头凤，踯躅意境寻。
陆游题苑壁，唐琬化梅魂。
鸟泣宦游迹，竹凝闺怨痕。
慰知宋时桂，欲报沈园春。

沈园位于绍兴市越城区春波弄，又名“沈氏园”，南宋时一位沈姓富商的私家花园，始建于宋代，初成时规模很大，占地70亩之多。园内亭台楼阁，小桥流水，绿树成荫，江南景色，是绍兴历代众多古典园林中唯一保存至今的宋式园林。

南宋爱国诗人陆游的一生波折重重，他不但仕途坎坷，而且爱情也很不幸。宋高宗绍兴十四年（公元1144年），20岁的陆游和表妹唐琬结为伴侣。两人青梅竹马，婚后情投意合、相敬如宾、伉俪情深。但却引起了陆母的不满，她认为陆游沉溺于温柔乡中，不思进取，误了前程，而且两人婚后三年始终未能生养。于是陆母以“陆游婚后情深倦学，误了仕途功名；唐琬婚后不能生育，误了宗祀香火”为由逼迫孝顺的儿子休妻。虽然万般无奈，最终陆游还是遂了母亲的心意另娶王氏为妻，而唐琬也被迫嫁给越中名士赵士程，纵然百般恩爱，终落得劳燕分飞的地步。南宋绍兴二十一年春日，礼部会试失利后陆游到沈园去散心，却意外地遇见唐琬及其改嫁后的丈夫赵士程，尽管两人中间隔着多年的光阴悠悠，但那份刻骨铭心的情缘始终留在他们情感世界的最深处，正当陆游打算黯然离去的时候，唐琬征得赵士程的同意，差人给他送去了酒菜。陆游触景伤情，怅然在墙上奋笔题下《钗头凤》这首千古绝唱。唐琬见而和之，情意凄绝，不久抑郁而逝。

2017年1月28日于奉化溪口

觅春辰巳山

南北博山界，登高俯远林。
车隆辛泰线，风啸汶淄滨。
学子习读苦，农夫稼穑勤。
书生最无赖，野岭觅春音。

辰巳山又名博山，在今博山区东南部，南博山村之阳，北博山村之阴，因处原博山县辰巳方又名辰巳山。清雍正十二年置县，县址选在南博山，即以此山命县。博山高483米，双峰对峙，苍岩冠秀，北面有利壁断崖，东面宛如游龙列屏。东峰元时已名辰巳峰，有古建筑群兴隆关。登山远眺，远山挺拔万状，近山幽丽千姿，溪流如玉带回曲，巍峨壮观的战备铁路——辛泰线谢家店大桥尽收眼底。博山系青石山，西与盆泉毗邻，东面延伸到岔道河两岸。斗转星移，后博山县城址迁于颜神店，但博山县名始于此山。

2017年2月19日

夜雪独归

向晚围炉饮，更深互道安。
孤行漫天雪，独步尽林烟。
路皎人微醉，灯昏夜已阑。
山川凝浩气，振策啸薄天。

2017年2月21日

壮怀洞顶村

廉颇尚能饭，老骥壮嘶嘹。
不惧崮堆险，何妨洞顶遥。
雄心干日月，豪气满弓刀。
塞外追穷寇，边关射大雕。

由淄川峨庄的西石村左侧登弥陀寺，穿越双崮堆，涉险三龙山，经齐山、潭溪山，到达洞顶村。洞顶村在青州市庙子镇，海拔814米，是山东省海拔最高的村庄，所说的洞就是昭阳洞，所谓顶是皇姑顶，村落就在洞的上方、顶的上边，故名洞顶村。

2017年2月25日

早春河南行

江南花似锦，新绿染中原。
高铁驰桑井，明渠灌麦田。
亭亭墟上树，袅袅陌中烟。
春始农忙季，白云兀自闲。

早春二月，乘高铁自淄博至信阳，车行中州大地，春日融融，万物复苏，农人忙春，一派祥和之景，欣然而作。

2017年3月1日于淄博赴信阳列车上

晨起登新县西大山

夜宿西山麓，晨行北岭腰。
巨石桃水冽，悬瀑杏花娇。
峰涌逐苍浪，松鸣撼翠涛。
攀坡鸟鸣涧，登顶望家遥。

新县地处大别山腹地，是当年鄂豫皖苏区首府所在地，著名的将军县，走出许世友、李德生、姜维山等九十多位将军，县城散布在群山之中。夜宿新县西大山脚下，晨起登山，沿国家登山健身步道自新县汽车站经龙王沟至梳子岭约三公里，第一日行半程，得诗句“攀坡闻涧水，登顶览松涛”；第二日往返两小时几近全程，距梳子岭百米处两挖掘机施工阻路，失望之余，倍感忧虑，担心这一自然美景又被人工破坏，幸得诗以记之。

2017年3月3日于新县

春到农家

春草萌新绿，杏花一树白。
农人劳作罢，茅舍筚门开。

2017年3月5日于新县至信阳客车上

春山恋

草木寻常物，情眸处处花。
催春风少语，播绿鸟频答。
气壮山河壮，梦遐天地遐。
此身终做土，无意叹苍华。

2017年3月11日

夕行皖南

烟雨春三月，皖南空翠滴。
清流过竹阵，葱岭绕花畦。
雾起山郭远，日息云脚低。
客行天渐暮，念念宿屯溪。

2017年3月16日于淄博至黄山客车上

婺源遣兴

才识江岭秀，又作庆源游。
云雾生山谷，松竹立陇头。
白屋樟树茂，绿水菜花稠。
宠辱寻常事，田园可忘忧。

江岭位于婺源县东北部，距县城45公里，总面积38平方公里，是观油菜花的著名景点；庆源村建于唐广德年间，是一个有1300多年历史的古村落。

2017年3月17日于婺源

再遇庆源

古村老树翰林堂，窄巷深宅驿路长。
去岁桃花今又见，捶衣声里忘思乡。

2017年3月17日于婺源

雨后别庆源

一夜春水涨，花田艳欲滴。
晨明客行早，野寂鸟鸣稀。
细雨石板路，流云土埂梯。
古村行渐远，回望顿衔凄。

2017年3月18日于婺源

风雨新安江

江行风雨骤，木末起寒烟。
雾锁三潭水，花开两岸山。
云升峰渐露，雨霁鸟始欢。
野渡春波寂，老翁垂钓闲。

乘船游新安江山水画廊，自深渡码头至漳潭，去时春雨骤起，着衣单薄，江风刺骨；归程雨霁云散，群山滴翠，花田溢彩。沿岸村庄静谧，渔舟泊驻，钓翁悠闲。心畅之余，与友玩笑曰：请把我活埋在春天里。

三潭：歙县境内新安江沿岸的漳潭、绵潭和瀹潭三个自然村，称为“三潭”，盛产枇杷。

2017年3月18日于歙县

细雨徽州

徽州三月好，细雨婺源行。
身没黄金海，心融碧绿汀。
群山育村落，众水润竹荆。
薄雾飘来去，情湿驿路亭。

2017年3月19日于婺源返淄途中

梦里徽州

屯溪归有日，梦里尽徽州。
桃韵清溪水，樟风皓月楼。
古村伫花海，遗塔隐林丘。
心忧千古事，烟雨解春愁。

2017年3月22日

古今夹谷台

将猛三军勇，会盟夹谷台。
兵车行日月，战马踏尘埃。
齐鲁风云际，矢弓天地开。
征鼓擂击处，杏花一树白。

夹谷台，位于淄博西南部博山石门景区，海拔708米，毗邻莱芜、章丘，峰峦三叠，悬崖环绕，山巅平坦，数十余亩，称为“夹古台”，齐长城蜿蜒于侧，“阴为齐，阳为鲁”。史传春秋战国时，鲁定公和齐侯在此举行过“齐鲁会盟”，距今已2508年。近年山顶立有蒲松龄的《夹谷行》诗文碑。

2017年3月25日

春咏稷下湖

闲读触心迹，释卷步青池。
剪剪南归燕，殷殷北望诗。
扬名多锦簇，失意少人知。
满眼花千树，伤春有尽时。

2017年3月28日

燕归三月三

蒿径闻天籁，苇塘享雨丝。
花开桃李树，露挂柳榆枝。
草长适应季，燕归无违时。
田夫耕作早，童叟暮归迟。

2017年3月30日

双股峪山行

白杨列山麓，青麦长田畦。
花绽未逾岭，草萌难掩蹊。
风鸣荒寨远，雉雊敝村凄。
回望双股峪，万山千壑低。

双股峪村位于淄川区张庄乡，清明假期随徒步天下户外俱乐部穿越双股峪、三棱寨、武王寨、大寨顶、盘顶山、黑峪隧道，全程大概十七八公里，由双股峪登山，一路拔高。近两个小时，到达三棱寨，但见山势陡峭，奇峰耸立，回望双股峪，唯见山壑纵横，已难寻踪迹。稍息片刻，恢复体力，开始翻越三棱寨，因恐高心理，只顾攀援，不敢四望，及至山顶，风疾日烈，三面悬崖，仍心惊不止。未及武王寨，便择路下山，出老峪到达太河水库第一集合点，行程两万余步，耗时四个半小时。

2017年4月2日

雾中八大关

栈道不见海，晨行林径幽。
松针凝玉露，礁壁展银钩。
喜鹊枝间悦，樱花水畔羞。
浪击汇泉角，雾锁介石楼。

2017年4月9日于青岛

回乡八记

一 寻幽溪屯

城外三五里，溪屯榆柳荫。
坡田几株树，丘岭数团云。
草径惊蛙走，松林护犬逡。
远山放蚕汉，驱鸟喊声频。

二 小城夏日

河众一江汇，群山沧海腾。
鸟栖苔草甸，云卷椴花峰。
夜雾三更起，朝阳五鼓升。
霞光照原野，佛祖佑敦城。

三 月夜江风

绰绰河沼柳，回塘点点萍。
鸣虫步山路，皎月沐江风。
两岸摇摆草，一城明灭灯。
溶溶长夏夜，溢溢恋乡情。

四 日落郊行

故居近林甸，日落喜郊行。
临水观塘色，溯江闻杵声。
粼粼波映月，曳曳草随风。
心乐寻人语，攀谈夜钓翁。

五 晨行南山

晓行梦回处，谙景慰离襟。
峰远多歧路，山幽少弄音。
流云撩鹿岭，飞鸟掠松林。
极顶西南望，诵拾梁父吟。

六 雨霁野塘

远山薄雾散，雨霁燕鸣窗。
晴日照南岭，阴云移北江。
霞辉沼柳媚，露润刺玫芳。
岸草随风曳，浮萍满野塘。

七 暮雨晨踪

昨日酣畅雨，晨行凉透衫。
松针滴玉露，柞叶卧青蚕。
高塔接云际，初阳挂树巅。
儿时采花处，蝶舞似当年。

八 寄语故园

望断丹江水，长堤语钓人。
谋生于鲁地，受教在津门。
客土河山美，家园草木亲。
离乡逾川载，别梦几十春。

2017年4月12日于敦化

昨夜眠不定，晨明恍若失。
临窗闻鸟语，忧喜辨难知。

2017年4月13日

春夜醒早

天昏人醒早，持卷度残更。
春树渐鸣鸟，暗香出紫藤。

2017年4月14日

暮春鹤伴山

野花饰茅道，杂树掩石潭。
缘谷循雉雏，拾级逐涧潺。
水穷山未尽，云起岭微澜。
独坐日西落，蛙声十里喧。

2017年4月15日

孝水逐春

孝水逐春暮，沿河两岸花。
山城路迂岭，岭上有人家。

2017年4月17日

塞上春讯

春风雁门度，大漠锦书来。
惊鹜沙湖起，桃花塞上开。

2017年4月19日

逐梦塞上

逐梦阴山北，目击天地涯。
明湖起白浪，大漠涌黄沙。
塞上风摧树，江南雨落花。
烽烟无觅处，春色牧人家。

2017年4月19日

梧桐落花

袅袅新刈草，芬荟早春茶。
飒飒凉风起，梧桐落紫花。

2017年4月20日于北京南苑机场

塞外桃花

桃花有粉白，塞外报春来。
谷雨春风冽，凌寒兀自开。

由北京南苑机场搭乘联合航空公司的航班往返鄂尔多斯，因出差在鄂尔多斯小住两天，时值春临塞上，雅致的桃花处处盛开；洁净的城市人烟稀少，特别是机场，一个值机台、一个安检口，了了二三人，确是宜居之城。由伊金霍洛机场途经康巴什到东胜，一望无际的荒漠，偶有清澈的沙湖寂寞地泊在城市与沙丘间，高楼大厦与莽原交替入目，恍若隔世。

2017年4月20日

寻芳大别山

一

千里大别山，独撑数县天。
群芳秀苍岭，众喙唱青岚。
举目松林末，濯足涧水边。
龙潭观瀑泻，河谷尽余欢。

二

梦里桃源地，山中四月天。
花开塞溪谷，水跃漾石潭。
山寨流云过，江村落日悬。
此身超物外，胜似酒中仙。

2017年4月21日于湖北英山天堂寨

天马寨赏杜鹃

清溪绕村寨，山路落桐花。
日近照鸣涧，风高吹陡崖。
千寻毛榉岭，万顷杜鹃霞。
居士当有悔，辋川为晚家。

2017年4月22日于湖北英山天马寨

南武当山溪

山溪水清浅，幽谷树高低。
独客青石踞，日出兼日息。

2017年4月22日于湖北英山南武当

鸟鸣老树

青麦抽穗季，绿肥红瘦时。
屋前惜老树，疏叶鸟鸣枝。

2017年4月22日

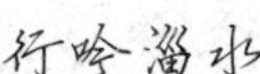

身微居闹市，心远宿深山。
梦里行吟客，职中酒肉仙。
胸容万千岭，眼纳百十川。
春尽桐花落，妄思淄水边。

2017年4月29日

稷下湖畔

租屋近学府，偶作校园游。
鱼戏平湖水，鸟鸣叠树丘。
书生吟浅赋，学子划宏筹。
常念津门志，空余万古忧。

2017年5月1日

稷下湖亭

落下夕林照，爱侣晚亭偎。
隔岸箫声起，初灯倦鸟归。

2017年5月4日

凭吊青石关

三千精甲士，齐地好儿男。已矣别淄水，决绝望鲁山。
铠衣佩身去，马革裹尸还。古道疾风瘦，雄关冷月残。

2017年5月6日

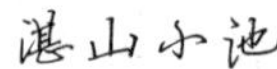

池小绿荫环，菖蒲伴睡莲。
夏初艳阳里，钓叟起微鼾。

2017年5月14日于青岛

汇泉湾观海

一

望远亭凝黛，登台享寂寥。
浮鸥翔碧海，钓叟踞红礁。
日落西山寺，风逐东海潮。
月明照松柏，夜静鼓笙箫。

二

同仁聚琴岛，酒罢意翩跹。
松下听涛静，亭边望月圆。
磬钟湛山寺，灯火汇泉湾。
风爽不解语，汽笛惊夜阑。

2017年5月14日于青岛

又见汾河

一

又见汾河水，清波荡客心。
欣逢白撞雨，难谓傅说霖。
故地风云恋，谙堤草木亲。
太行隔鲁晋，千里乐行吟。

二

天净云浮日，汾河两岸妍。
花开芳草渡，鱼跃碧涟湾。
三晋雄风振，七亭劲鼓喧。
白婆炫街舞，苍叟斗风鸢。

2017年5月15日于太原

聊城故人

一

夏风秦岭度，江北水城行。
古运待复盛，旧堂期再兴。
饱食疏地馔，畅叙故人情。
念此何为忆，江湖望月明。

二

久慕东昌府，水城八面风。
桥头舒柳影，湖上荡笛声。
旧迹寻不遇，新诗觅已成。
泛舟两情侣，踱步一痴翁。

聊城东昌府区法院立案，顺游东昌湖，中午与几位同学一聚。聊城距淄博200余公里，一路高速，但在山东生活了20多年还是初次幸临。虽久闻东昌湖，偌大湖面令人惊讶。独行于湖岸，水波浩渺，水城依稀。忽闻湖面笛声悠扬，遂有“湖上闻笛声”诗句，遍寻吹笛人。庑几，一洒水车姗姗驶上二十一孔桥，原来是车上放的音乐，不禁哑然失笑。

2017年5月18日于聊城

天涯不言远，万里一晨昏。
早步尚文苑[1]，晚行集美村[2]。
云浮星月没，风动树花分。
夜寂思无域，同城念故人。

注：①尚文苑，淄博市张店区的一个居住小区。
②集美村，厦门陈嘉庚的故居地，现已发展为集美区。

2017年5月21日于厦门

街边古榕

婆娑老榕树，风雨几百年。
鸟雀栖其上，路人观又观。

2017年5月22日于厦门

稷下湖晚

当风望亭晚，湖色漾余晖。
天黝孤星现，蝙蝠上下飞。

2017年5月25日

拴住湾赭山

浓荫隐山路，夏日入林幽。鸟雀鸣茂岭，蜂蝶嬉细流。
松风掠崖去，光影印苔留。于此结茅舍，何惜老病休。

2017年5月28日

学府感怀

走马观学府，环湖半日闲。
青丝骄皓首，绿鬓傲苍颜。
良遇失难再，韶华逝不还。
欲识一才俊，侃侃话当年。

2017年6月2日

夏日志公坪

板栗抽花季，山行四溢香。
巉岩劲松立，绝壁鸷鹰翔。
林密光难泄，草深路易藏。
独酌荫夏日，席地醉斜阳。

2017年6月3日

罪酒

涎涎一食客，腆腆啮八方。
不喜杯中物，只钟盘里璋。
酒因名利醉，茶与故朋香。
宴聚常败兴，几人知我伤。

2017年6月4日

夜话渔港

大连约故旧，渔港忆同窗。
酒美不知味，肴佳空溢香。
别情一江水，往事九箩筐。
追叙当年谊，唏嘘两鬓霜。

2017年6月5日于大连

信步马家堡

京都寻故地，惊觉岁蹉跎。
寂寂翠林苑，清清凉水河。
华庭莺婉转，陋巷树婆娑。
难竟鸿鹄志，何妨燕雀歌。

2017年6月8日于北京至淄博高铁

再至塞上

负梦至塞上，一瞥豪气生。
净空催泪落，广野撼心砰。
云起压低树，日出明远城。
牧歌家万里，大漠肆天风。

2017年6月9日于鄂尔多斯

仲夏鄂尔多斯

六月仲夏季，絮飞伊克昭。
关中甘雨骤，塞外艳阳高。
城起丘陵地，路交沙漠桥。
牛羊伴云朵，天地两逍遥。

注：鄂尔多斯市原为伊克昭盟。

2017年6月9日于鄂尔多斯

塞外早行

塞外夜冥冥，穹天四野清。
五更风猎猎，一月一晨星。

2017年6月10日于鄂尔多斯

清晨雨霁

雨霁晓凭窗，榴花艳倚墙。
晨光惊夜露，鸟语话清凉。

2017年6月14日

重修柏树村祭

老槐隐枯井，残壁倚衰翁。
把腕有浊酒，绕膝无稚声。
官人重商贾，庄户弃农耕。
旧迹犹可复，难修乡土风。

淄川区太河镇柏树村为一古村，几十年已人烟凋敝，处处断壁残垣，政府为推动乡村旅游正在进行大肆修缮。从村中穿过，偶有翁媪遇，犬吠鸡鸣稀，往昔儿孙绕膝，日出而作、日落而息的乡村景象一去不复返矣。感慨系之，是为祭，而非记。

2017年6月17日

上小峰村北

槐林傍溪涧，老树坠长藤。
雨后苍山翠，日初白露莹。
蛙鸣应远雉，云动伴高风。
恍觉时空驻，惟余万籁声。

2017年6月24日

小女赴澳留学志

昨夜依依语，晨起泪别家。
娉婷乖巧女，霹雳傲娇娃。
万里求学路，百年逐梦槎。
越洋去国远，少小走天涯。

2017年7月18日于北京至淄博高铁

水城寻古

登楼望东岳，寻迹问皤翁。
会馆近古渡，运河邻老城。
浮云燕击水，落日柳拂风。
千顷荷叶动，梦随明月升。

2017年7月19日于聊城

漳浦喜闻小女获澳洲大学奖学金

出差在漳浦，喜讯越洋来。
小女惊获奖，老爹难抑怀。
肉包三屉上，啤酒九瓶开。
饮罢花间赋，拈香对月白。

2017年7月20日于漳浦

走马漳浦

两次来漳浦，不足一日行。
初识千岭翠，再见百溪清。
敦厚为商道，纯实待客经。
开漳圣王庙，承载闽南情。

2017年7月21日于漳浦

七月锦州

锦州产苹果，毛语少年读。
夏至凌水涨，暑来槐米熟。
日灼晚清爽，事毕意闲舒。
何处同君饮，辽西水豆腐。

2017年7月25日于锦州

天津忆游母校

津门多故旧，母校总萦怀。
白蜡些须长，红芍几度开。
楼隅瞻教室，湖畔访学斋。
牵手私语处，依稀佳丽来。

2017年7月26日于天津

雨霁游园

正午园中寂，驱暑雨初歇。
飞鸟振翅缓，游鱼舒尾捷。
山亭惊巧遇，水榭念长别。
缘树蜗牛驻，滨湖岸柳斜。

2017年7月28日

青岛叙同窗谊

同窗五兄弟，琴岛聚相欢。
临海观潮涌，立礁闻浪喧。
品茶说美景，把酒话流年。
碌碌三十载，融融几瞬间。

2017年7月30日于青岛

乘游艇海上观青岛

海上观青岛，濛濛雾笼城。
游船驱破浪，飞艇跃凌风。
左岸众山过，右舷群舸争。
缓行海深处，波寂两鸥声。

2017年7月31日于青岛

夏末红莲湖

桓台南五里，湖瘦丈三盈。
垂柳随风曳，扁舟逆浪行。
荷花开艳艳，莲叶立亭亭。
簌簌千枝苇，蜻蜓点水轻。

2017年8月1日

夏回彩石溪

一

三冬复暑去，又见彩石溪。
林密蝉声噪，山高涧水急。
濯足顿神爽，漱玉已情迷。
把酒消残夏，醉怜芳草萋。

二

寻幽不辞远，百里溯青罗。
蝉乐喧盈谷，椒香溢满坡。
乱石出涧水，叠岭动云波。
此地无车马，空林鸟雀歌。

2017年8月5日

初秋夜宿廉山

山中避秋热，夜半露星寒。卧榻守灯寂，临窗望月残。
百身征鼓角，万里念关山。酒兴思无域，天明意未阑。

2017年8月5日

再行紫峪

观苇知秋近，行村夏意浓。清塘涵柳影，茂树隐蝉踪。
雨沛千溪涨，林丰万岭葱。心游天地外，身在此山中。

2017年8月12日

午后小园

茵茵青草地，艳艳紫薇开。
鸟雀惊飞起，幼童逐犬来。

2017年8月16日

晨行遇雨

云涌迫天低，炸雷催雨急。
白烟升四野，河涨路成溪。

2017年8月17日

游鹤伴山之神女峰

深谷凝幽碧，空林敛翠微。
涓涓清水跃，款款彩蝶飞。
日隐峰峦黯，云开草木晖。
青山足可寄，无故恋宫闱。

2017年8月19日

山行途遇逯家岭

重识逯家岭，远望卧云端。辟路百转谷，筑村千嶂岩。
人来群犬吠，客去众民喧。露宿风门道，夜眠拥万山。

2017年8月26日

成都草堂緬杜工部

一

乱世一夫子，赤心忧庶民。捉刀为府吏，怀璧望廷臣。
一代辛辣笔，半生潦倒身。晚家浣溪畔，几度草堂春。

二

草堂锦城外，风雨可栖身。秀水庭前绕，茂竹屋后荫。
眼观西岭雪，心系北疆民。广厦安寒士，甘居陋室贫。

2017年8月28日于成都

青城山寻仙不遇

道长昨言我，青城或隐仙。云深不知处，修浅未结缘。
拨雾且行路，拾级而探渊。寻游三界外，归去惘识山。

2017年8月29日于成都

目击都江堰

岷江西蜀泻，玉垒镇中游。一堰分一水，半山出半楼。
稻花香两岸，昆曲悦双流。浩浩浊浪涌，汤汤无止休。

2017年8月30日于成都

日暮文殊院

黄昏访古刹，悟道锦江滨。
阅壁愧疏法，遇僧卑问津。
残香燃圣殿，落日照禅林。
月伴经声起，晚亭闻梵音。

2017年8月30日于成都

听雨宽窄巷

少城寻旧迹，闹市早行幽。
细雨宽窄巷，香茗今古楼。
品天排宿怨，读曲遣闲愁。
望断碎花伞，茶凉方觉秋。

前日去宽窄巷子，天热人闹，无心细览。今晨冒雨早行，店铺大都锁闭，游人无几，往复徜徉，余心大悦。

2017年8月31日于成都

谒武侯祠

会友文殊院，蓉城访古人。
草堂拜诗圣，锦里谒儒臣。
曾诵武侯表，今读工部文。
品茗惜蜀相，空瘁百年身。

2017年8月31日

山中九月

九月蝉声禁，山中少乐弦。
黄花空自赏，红果寂相欢。
草碧渐衰色，树青初褪颜。
晚风逐落日，月夜泛清寒。

九月初秋，由沂源璞丘岭黑拉峪穿行北坪山至博山店子村，蝉声初禁，空山寂寂，感夏日繁华日渐衰落，为赋新诗故作悲秋状。

2017年9月2日

向华山途中

昨日逢白露，今行鲁陕间。浓云遮晚日，薄雾起秋田。
村远林烟隐，天低陌霭连。兼程向西岳，夜幕降中原。

2017年9月8日于淄博至华阴途中

风雨华山

一

秋雨迎仙客，西峰赴剑坛。溯溪华山峪，逐水渭河滩。
楚汉百米拒，蜀吴千里连。武林无霸主，白鹭落秦川。

二

华山多胜迹，奇景破惊天。寒胆苍龙岭，暖心金锁关。
拾级未回首，登顶不凭栏。险处无须顾，峰峰雨雾颜。

2017年9月9日于华阴

苍龙岭观雨

鸦鸣神庙外，绝壁劲松蟠。游雾涂石色，连霖润树颜。
千峰皆落雨，万壑尽生烟。独立苍龙顶，我行天地间。

2017年9月10日于华阴

登邹平白云山之玉皇顶

一

近村薄雾起，水墨远峰苍。
鸣谷栖枝雀，耸崖破壁桑。
野花簇垭口，茅草曳山梁。
跃上白云顶，凌风向玉皇。

二

几访白云观，远峰今得降。
高天一色碧，低谷万钧苍。
拥翠悸崎路，挽晴舒艳阳。
山川极目览，不负好秋光。

白云山位于邹平县城南10公里，属鲁西北地区长白山脉，周边大小19座峰，101条峪，道教文化和道教活动源远流长，自然环境优美。战国时期陈仲子辞楚相隐居于此。传说中碧霞元君亦修道于白云山，得道后受封于泰山为其道场，故白云山也有小泰山及泰山副岳之称，其宗教活动远远早于泰山。

近几年多次造访白云山和白云观，每次皆休闲游，驱车穿过韦家坡村，停车于村头白云观前的农家饭店，逐级攀登穿过白云观的层层殿宇，出山门沿平安大峪登山，每每攀上第二个山峰（我一直称之为白云峰），遥望一下玉皇顶，便下山去饭店品尝农家饭菜。这次准备充沛，自备酒菜，早七点半开始登山，一路走走停停，10点30分即抵达玉皇顶，12点30分就返回了农家饭店，不似想象中的遥远，往返应不足10公里。

2017年9月16日

关东故事

一

关东思崇焕，铁血铸军威。
将士寒冰卧，家国瑞雪飞。
白山纳初照，黑水敛余晖。
有我雄关在，八旗铩羽归。

二

对垒谁言勇，关东铁甲军。
舍命保家室，捐躯卫子孙。
绥远古城在，督师遗迹存。
未能报国死，含恨化冤魂。

2017年9月29日于淄博至锦州途中

沽上秋晚

驱车过津港，飞掠卫南洼。
沽上秋风起，蓟中胡雁达。
银鸥浮碧水，青苇曳白花。
忽忆青春事，江村沐落霞。

2017年9月30日于天津

南北青龙山

一

但有休闲日，呼朋赴远山。怡情缘草木，壮骨冀峰峦。
白露润秋色，金风舒楚颜。王孙来又去，飞鸟逝复还。

二

昨夜津门赋，登山意未阑。雾轻洗林翠，露重压枝弯。
云绕青峰顶，风旋碧水边。艳阳出雨后，鸡犬闹秋田。

今日国庆节，凌晨早早醒来，随互助联盟徒步天下户外俱乐部自南博山的青龙山登山，至盆泉的青龙山下山，两座山相隔不远，竟都名青龙山，深感诧异，我知道淄博至少有四五座青龙山了。山行历时四个半小时，行程十三四公里，开启秋天爬山的幸福时光。

2017年10月1日

临水观秋

河边几丛苇，岸上数株杨。
时有逐侣鸟，闻声逝远塘。

2017年10月3日

东湖港夕照

京西十五渡，且过翠屏寻。
水响逐溪远，风凉入谷深。
石阶望穿眼，栈道步惊心。
夕照峰丛泻，晴光返麓林。

2017年10月5日于涞水野三坡

寻幽百里峡

百里如弓贯，寻幽几字深。
山泉出嶂谷，溪水伴檀林。
绝壁刀斧就，妙峰霜雨侵。
粗衣对明月，听瀑夜弹琴。

百里峡由“蝎子沟”“海棠峪”“十悬峡”三条峡谷组成，全长105里，成“弓”字形并行，“蝎子沟”尚未开发，现仅能游览“几”字双峡。

2017年10月6日于涞水野三坡

寒露凝秋树，老藤垂玉栏。
谷风红叶壁，涧水绿苔岩。
路转青黄处，鸟鸣疏密间。
憩亭品山果，村妪扯闲篇。

2017年10月7日于涞水野三坡

登白草畔之刺天峰

燕北金风度，秋林五彩成。
石萝岩壁覆，松鼠树枝腾。
落叶八九片，寒鸦三两声。
早行山寂寂，云雾锁诸峰。

2017年10月7日于涞水野三坡

小鱼山揽秀

鱼山八面景，观秀尽登台。
碧海揽翠岛，红楼拥老槐。
松坡青鸟过，礁岸雪涛拍。
饮月就高枕，鸥声入梦来。

2017年10月14日于青岛

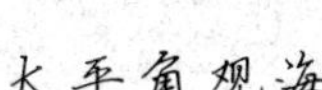

太平角观海

山寺钟声杳，汽笛鸣远航。
日升伴潮涌，涛跃竞鸥翔。
天海接帆影，楼台浴桂香。
霞光铺栈道，青朴染秋霜。

2017年10月14日于青岛

偶识东光

偶因问刑案，结缔小城缘。
足印铁佛寺，影留咸水湾。
日华为辩士，晚籁作游仙。
梦醒不知处，月光侵绮帘。

喜欢写诗，经常发在朋友圈，很多朋友误以为我整天游山玩水不工作，其实，大都趁工作之间隙走马观花，出差在外地住宿，早晚是观光和作诗的黄金时段。前同事兼朋友黄光明理解余之敬业，对此诗评价曰：白天耍嘴，晚上耍腿！

2017年10月19日于东光

和尚房观红叶

十月观红叶，岁寒和尚房。
日出驱宿雾，月落布秋霜。
日月交辉映，山川竞粉妆。
栌林喧若市，人面溢霞光。

2017年10月21日

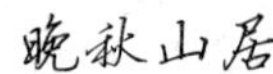

五彩秋林溢，日斜山色苍。
危崖风掠寨，古道雁鸣霜。
落叶飘禅寺，离情洒梓乡。
炊烟寥落起，天晚掩寒窗。

2017年11月1日

闲话悬羊山

一

春秋多轶事，齐地觅沧桑。
古道山深隐，荒村峪僻藏。
空音嘶饿马，无迹动悬羊。
五霸烟云散，樵歌万里霜。

二

襄公国政乱，王室祸端生。
纠走避鲁地，白逃羁莒城。
弟兄明抢位，齐鲁暗争锋。
击鼓悬羊计，桓公霸业成。

2017年11月4日

稷下湖秋晚

向晚寻佳色，湖亭爱意微。
粼粼漾秋水，寂寂敛余晖。
天黯鸟栖树，夜阑风扣扉。
捻髭叹羁旅，北望客思归。

2017年11月5日

冬行孟良寨

冬行孟良寨，百里过石门。
广野群峰聚，晴川一水分。
长风驱古道，乏日照寒岑。
夤夜应征鼓，何惜老病身。

2017年11月12日

冬日招夫寨

冬日招夫寨，峣峣屹宿霜。
峰波伏四野，岭脉展八荒。
空净时飞鸟，风高且泛觞。
遥遥望村远，傥傥浴冬阳。

招夫寨位于淄川区张庄乡、淄河镇、东坪镇交界处的山上。我们从后香峪村上山，由岳阴村下山，行程8公里，用时不到3小时。

2017年11月19日

一

古村藏老峪，岁晚少跫音。
日煦锦织岭，夜寒霜染林。
山深四时顾，地僻百禽吟。
纤手裁霞落，缤纷寂寂心。

二

野行不知倦，越岭汗湿襟。
僻谷屏杂念，寒山却炙心。
风吹凋晚树，霞落染秋林。
恰遇重阳日，樵途老骥喑。

2017年11月28日

穿越青州胡林谷

一

涉履胡林谷，冬深草木凋。
荒村新雪迹，枯树老鸦巢。
犬吠穿空远，鸟飞逾岭高。
山川何寂寂，把酒酹滔滔。

二

大雪时节近，山前百草枯。
南枝寒雀噪，冬日暖阳舒。
席地乜霜迹，餐风哂枳途。
石沟纵歌罢，闲话夜围炉。

2017年12月2日

十二月三日寒潮来袭

闭户围炉饮，出门夜峭深。
依依南曜见，猎猎朔风闻。
桐树摇残叶，街灯照路人。
今冬雪来晚，几梦素装晨。

2017年12月4日

月夜荒村

既望寒天寂，荒村静夜霜。
清光凝树杪，朗月照祠堂。
残院徒他顾，弃屋空自伤。
田园尽成忆，何处伺蚕桑。

2017年12月6日

冬夜宿天目山

千里披星月，宿栖天目山。
松声侵户牖，竹影动栏杆。
晨作霜犹重，夜吟风亦寒。
橹摇山水绿，始信到江南。

2017年12月8日

信笔大明山

英雄出草莽，谋事取江山。
秣马万仞岭，屯粮千亩田。
龙门竞飞渡，驼嶂踊腾翻。
振臂揭竿起，大明终覆元。

2017年12月9日

冬日指南村

山坳群山上，隐村曰指南。
老屋逾百岁，古树越千年。
银杏荫塘井，红枫耸宇檐。
云清碧空透，石径任流连。

指南村位于浙江临安太湖源头的南苕溪之滨，海拔近600米，是一座有着数千年历史的古村。游完大明山时间尚早，领队麻袋临时安排到此一游，确不虚此行。

2017年12月9日

冬游天目山吟

天目峙浙皖，黄山一脉亲。
湍溪泻清谷，大树秀寒林。
日照升岚气，罄鸣传梵音。
履风行栈道，万绿染余心。

2017年12月10日

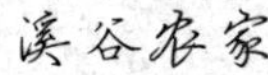

田舍伫溪谷，月缺复月盈。
风来竹海涌，日落瀑虹生。
户犬闻声吠，家鸡顾影鸣。
山泉煮白米，野果待诗翁。

2017年12月10日

岁末青岛行

多作春秋赋，此行逢岁寒。
凄清天欲雪，阴郁海生烟。
人近鸥惊起，浪轻礁静安。
游人拾贝处，履迹印沙滩。

2017年12月14日

山中觅冬

冬月行林谷，山中度岁寒。
雪稀不足捧，岩峻可堪攀。
喜鹊群栖树，霞光束照川。
憩亭岭风啸，人语越空传。

一直盼雪，前两天淄博下了雪，可在张店城区我却未见，今赴鹤伴山，想一睹初雪的模样，和想象中差不多，仅在山谷阴面薄薄一层，虽然稀少，总算见到了雪。

2017年12月16日

登青州茶山

昨食冬至饺，今旦越茶山。
千岭青霭障，万峰红日悬。
寒林露樵迹，清谷隐村烟。
举目行将尽，回眸意未阑。

2017年12月23日

日暮郊村

移步近乡井，青霾遮暮天。
离人去家忍，弃犬乞食怜。
荒圃余老树，残村徒断垣。
新祠疑旧址，仄径故河边。

我住的小区南邻朝阳路，东边紧挨猪龙河，小区门口原有一小卖店，由长我几岁的夫妇经营，我在那买点日杂用品。主人养了一条黄狗，总喜欢在购物者身前身后转来转去，不叫不咬。闲暇时，我常沿着猪龙河向南散步走到夏庄和晴照，再顺着南定电厂拐向东走，夏庄和晴照两个村子连在一起。猪龙河的东边还有一条河，桥头立了一块牌子，才知道叫东猪龙河。周边是几个厂矿的厂区和家属区，荒凉处有南定电厂的粉煤堆、山东铝厂的矿泥池、石油化工厂的罐区，夹杂着几家农户，原来还有一个破败的旧祠堂，应该属于晴照。2015年年底，为了照顾女儿上学，我们在市实验中学对面的名仕城租房两年，因把锅碗瓢盆都带走了，虽近在咫尺，期间一天也没回家住过。2016年秋天女儿去了澳大利亚，2017年夏天房屋租期届满我们便搬回了家。

据说，两年间，门口那个小卖店的女主人患了癌症，夫妇俩被儿子接到张店城区同住，不久就撒手人寰。转手后的小卖店作为违建被拆除，可怜的黄狗成了流浪狗，整天在周围游走觅食，不叫不咬。原来电厂那条运煤的路，被扩建成了宽阔的马南路，马南路北侧，紧挨着东猪龙河，一座崭新的祠堂矗立着，马赛克贴面，方方正正，二层楼许，高墙围绕，铁门紧锁，周围是农户的残垣断壁，荒芜的菜园里几棵高大的槐树影影绰绰，这里是我晚饭后完成一万步走的必经之地。每每皓月当空，抑或寒星点点，总会在心底生出一种旷古幽思。

2017年12月29日

大峪口登山

峪口鸡鸣店，瑚山雉雊荆。
层峰云雾隐，横岭木石凝。
淡日栌枝秀，清霜柏叶莹。
岁终远牍案，荒野踏风行。

2017年12月30日

古寺霜钟

野行心切切，霜重不知寒。
雄起车峪口，壮行牛记庵。
深山藏古寺，幽谷隐瘠田。
年尽冬无雪，钟声祈岁安。

2017年12月30日

恋恋圣佛山

我生长在一个四周群山环绕的小城市，也算是大山里走出的孩子，从小对山就有一种亲近感，年近半百，对故乡的眷念，除却家中满头白发的母亲，就是那些凝结着我童年时期欢乐笑声的群山，每每回乡省亲，时间再紧迫，也要抽空到山里走走，夏闻松籁阵阵，冬看白雪皑皑。

这些年，景色秀丽的名山大川也走过一些：四季如画的黄山、奇峰林立的张家界、鬼斧神工的雁荡、粗犷神秘的长白山……国门之外，登临过瑞士的雪山、饱览过挪威的峡湾、在波罗的海的游轮上度过极昼的夜、从海参崴乘船伴千百只海鸥游弋日本海……这些人间美景，去过了，也就淡去了，在脑海里形成一些模糊的记忆，化作一种人生的阅历，偶尔用作炫耀的谈资。

真正让我魂牵梦绕的，还是淄博以及淄博周边的山，它们净化着我的心灵，涤荡去我的风尘，渗透进我的情感，融入了我的生活。近处无风景，想要描写淄博的山，的确感觉力不从心，无从下笔，不是吝啬那些溢美的词，只是太过于熟悉，司空见惯，真的有些很不以为然了。但每临周末，却总是按捺不住，念及山中跋涉，心痒难支。

仲秋时节，照例是新朋老友，一路欢歌笑语，出闹市，奔乡野，两个小时的车程，不知不觉就进入了沂源山区。沂源是个名副其实的水果之乡，各种水果，应季而生，这个时节，桃子、葡萄大都摆在了集市，累累枝头，缀满的是苹果、板栗，偶尔遇到一树山楂，红红火火，招惹得你满口生津。田间劳作的农夫，难掩丰收的喜悦，金灿灿的玉米，沉甸甸的谷穗，满坡的花生……无不散发着金秋的气息。

淄博的山，大同小异，没来由地上来就给登山者一个脸色，起步就是拔高，短则半小时，长则一个钟点，还没等舒展开筋骨，就已气喘吁吁，汗流浃背。此次登临的圣佛山，应久无人至，山路已无处可寻，三四十人的队伍，只能在乱石与灌木丛之间，披荆斩棘，迂回前进，踉踉跄跄，一路蜗行。及至山顶，沿山脊穿越，始有闲情逸致，近观苍松翠柏，远望群山逶迤。山花随处可见，点缀在芳草绿树间，紫色的山菊，粉色的石竹，还有很多不知道名字的五颜六色的野花，爱美的靓女采一束捧在怀里，引得健硕的汉子心生爱怜。途中的美景，应是一大片茅草，突兀地生在丛林中，半人多高，紫色、绿色的草穗，随风摇曳，撩拨你心底的软软处，招惹得众驴友纷纷取景拍照。

转过几个山头，来到一个深深的山谷，山谷是一个荒芜了的景区。沿着人工铺就的山路拾阶而下，随处可见开发过的痕迹，山谷间有两级石坝拦截的水库，因干旱缺水，水中已长满青苔。山谷间有涓涓细流，绿树掩映的碎石间，一汪清冽的溪水引得同行的孩子驻足嬉戏。

就餐地点选在山谷的二级石坝处，呼朋唤友，因陋就简，席地而坐，丰盛的菜肴，三五知己，把酒临风，其喜洋洋者矣！

天公作美，转山时一直阴云蔽日，始聚餐凉风习习，待踏上归途，天降小雨，绵绵秋雨，恰似我的情丝。一天的愉快，细细品味，甘美如饴。漫漫的人生旅途，有几个亲密的朋友，相伴走一段很长的路，彼此关心爱护，本身就是一件幸事；倘若再有一个群体，融入其中，大家善意充盈，心不设防，幸甚至哉！

2014年9月14日

喧闹的彩石溪

尽管今年的冬天不冷，群里的好多驴友照例在家猫冬，一些老朋友久未谋面了。我独喜冬天爬山，置身茫茫群山间，万木肃杀，大地苍凉，总能勾起我思古忧今的情怀。我爬山向来不在乎沿途的景色，是一种纯粹的健身养性的爬山，当然遇有好的风光，往往还是能触发心底蛰伏已久的诗意的。

张店这个冬天几乎没有雪。大概是这个没有雪的冬天太乏味了，每个户外群里都有人炫耀在南部山区拍摄的冰雪景物，撩拨得众驴友心痒难耐。在发布的冰雪影像中，尤以莱芜彩石溪的冰瀑最为诱人。上一周的出行，群里的好多驴友就建议去彩石溪，固执的群主仍组织去了瓦泉寨，以致出行的人数锐减。群主还是能够顺应民意的，之所以上周没去彩石溪，是因为不知道 where is 彩石溪，经过一周的打探和研判，本周终于成行。

50多人的队伍，豪华大巴，沿博莱高速，一路欢歌笑语。下了高速，暴露出群主的功课做得还不到家，在一个岔路口，司机师傅通过电话核实，才拐上一条不宽的水泥路，在这条不宽的水泥路上行驶没一会，便发现车前车后都有满载驴友的大巴，大家应该都是同一个目标——彩石溪！

大巴慢慢地驶离市区，群山就浮现在眼前了。当远山的巅峰两个穹顶的建筑映入眼帘时，群主告知大家那就是莲花山的主峰，穹顶的建筑是个雷达站，彩石溪就隐在莲花山的一个峡谷中。离群山还有一段距离时，路况愈来愈差，大巴不能前行了。大家纷纷弃车步行，蜿蜒一二公里的山路，此时已布满了身着五颜六色冲锋衣的驴友，稀稀拉拉，无队无形，像电影里溃败的“国军”。

及至山脚，峡谷便呈现在眼前，抬眼望去，目力所及，峡谷中全是向上攀爬的驴友，淄博的、济南的、德州的、当然少不了莱芜本地的，少说也有十几个户外群的驴友，足有一个团的人马，先后涌入峡谷，顷刻峡谷喧闹起来。攀爬的人群时而在溪谷中的巨大乱石间翻越，时而沿溪谷边的羊肠毛路跋涉，人挨人，人挤人，跟赶集一样，立马就乱了建制。环顾左右，身边的熟人越来越少，好在天下驴友是一家，每逢结冰的路段，大家都友好地互相提醒，遇到梗阻的结点，总有人在搭手提携。距离三四公里的溪谷，大概有三五段冰瀑，当你正小心翼翼地随着人流蜗行，忽闻上方人声喧哗，那定是一处冰瀑了。待你转过一道弯，或是翻越一道坎，惊艳的冰瀑旋即映入你的眼帘，每有冰瀑处，必见人群聚集，摄影爱好者、留影热衷者、随手一拍者，拥拥挤挤，稍不小心，便滑坐地上，引发一串哄笑。

我一贯是专注于爬山的，虽然算不上强驴，但总是不自觉地往前窜。半壶老酒应该是强驴级别的，他和东海起初走在人群的最前面，在一处小冰瀑前，他俩驻在那里等大队人马，待我和秋硕、雪莲、梦真赶到，三位资深美女流连在冰瀑前，秋硕遗憾没带相机，我便用手机给她们拍了几张照片。

待攀爬至最后一个大冰瀑时，已近正午，这是彩石溪最大的冰瀑，大概呈45° 斜坡，落差应该有10余米，冰瀑底端坡度舒缓，约10° 的样子，五六个喜欢冒险、寻求刺激的年轻男女穿着钉鞋依次缘绳在冰瀑上逆势行走，引来大家围观起哄、拍照，此处较为开阔，阳光普照，好多驴友散布在四周的树丛间开始用餐了，我知道自己已经篡夺了领队的位置，便驻足叫停了闷头前行的雪花飞的女儿暗香，等来了群主及后续队伍，群主下令到上方的水库边集结、用餐。

从大冰瀑的一侧爬至冰瀑的上端，遥见水库大坝赫然耸立在峡谷间。我随同大队人马攀上了水库大坝，大家习惯地三五一伙，七八结群地四散到水库侧翼的山坡上团坐用餐。我则迎风站在水库大坝上左顾右盼，大约过了十多分钟，才看见月光和碧波与收队的齐国人一伙姗姗而至。我们还是努力寻到了半壶老酒的聚餐团伙并加入其中，不是因为半壶老酒小眼的魅力，而是因为半壶老酒每次都带几样自己亲手做的拿手菜，并且备有户外专用的液化气灶给大家烧热乎汤喝。

我照例两听青岛啤酒，自顾自地喝完散伙，然后看着半壶老酒、东海、可乐、三人行等继续吆五喝六地享受这欢愉的时光。此时，一队队的人马开始陆陆续续地沿着山上的防火道下山了，喧闹的彩石溪该恢复了往日的平静，我多想能够按原路返回，享受一下彩石溪的静谧，寻一段往日遗失的梦……

回到大巴车时，已午后三点多，也许有一些倦意，也许有一点酒意，我竟沉沉地睡去了，依稀还做了个梦，混沌中被人戳醒，原来是多娇姐在敛车费。上一次我也是上车就呼呼地睡着了，月光没让多娇打扰我，代我交了车费。想必多娇姐洞悉我有逃费嫌疑，一胳膊肘把我拐醒，懵懂中待我反应过来，碧波已代我把车费交上。嘻嘻！下一次我上车继续睡，看哪位好心的妹子还替俺交车费。

2017年2月2日

曲终人散情未了

岁末年尾，辞旧迎新之际，忙碌了一年的人们，都会静下心来，总结一下过往的得失，畅想一番来年的美景。每一个单位或组织，按惯例都会坐到会场里、聚在酒桌前，评比表彰，欢聚一堂。2014年12月28日，长城宾馆，绿水青山第三届驴友年会拉开了帷幕。

晚会的主持由月光倾城和博古通今担纲。月光出任hostess（女主持人）我是早就知道的，也算是众望所归，因为在每次出行的路上，月光就常常一展身手，发挥主持人的才能，调动大家的情绪，一路欢歌笑语。博古通今我们应该一起出行过几次，但早期没什么印象，最后一次给我留下了深刻的记忆。当时他表演节目，从手机上读一个很长的段子，段子是个老段子，本身没有新鲜感，但他有板有眼的表演和浑厚的嗓音，再加上戴着眼镜一副文质彬彬的模样，深深地印在了我的脑海里，那应该是今年春天的事，以后就没再见。主持人的串词由月光撰稿，看来是狠下了一番功夫，费了一片心计，也显示了月光一贯的文字风采。

晚会先集体跳《小苹果》舞热身，淄川来的美女组合领舞，跳的有模有样，众驴友跟着群魔乱舞，high起来是硬道理。

晚会最幸福的人，非群主忘不了莫属，揣摩群主的内心，应该是无比激动的，能把一群人聚在一起，把户外俱乐部活动搞得红红火火，也是一件很有成就感的事。群主的兴奋也溢于言表，晚会致辞写了好几页纸，如果由着他抒发感想，估计一个晚会就报销了。第一个节目当仁不让由群主打头阵，现代京剧选段《红灯记》《沙家浜》还是《智取威虎山》我忘记了，也可能是别的曲目。群主特意穿上了老式军装，带上了棉军帽，应该都是他转业时的珍藏，着装清唱，群主神情肃穆，想必是体味到了当年的军旅生涯，那应该是他生命里最精彩的片段。

沉默的夫人是第一次参加群里的活动，坐在我的身边。她为节目精心准备了一首歌，还打印了歌词，上台演唱时，由于伴奏的音响很不给力，没定好调，调高唱不上去，调低出不来效果，下台后很沮丧，她一个劲地说“献丑了”“献丑了”。我劝她释怀：大家都是来出丑的！晚会也是一个舞台，人之常情，每个人都想展示自己最出彩的一面，但我想快乐是最重要的。

喜雨上台倾情演唱李双江的《小小竹排》，勾起了我童年的回忆。虽然这首歌当下亦家喻户晓，但60后对这首歌有特别的感情。我们成长的年代文化生活匮乏，那时没有电视、电脑，看过的电影、听过的歌曲屈指可数，《闪闪的红星》是百看不厌的影片，其中的三首插曲都是经典老歌，《小小竹排》更是经久不衰。

雨燕是群里著名的歌星，人长得美，歌声更甜美，歌声余音绕梁，听后三月不识肉味，看来过年吃啥都不香了。

与红小兵相识不久，他的小分队是群里的一面旗帜，六七个人，统一野战迷彩服，翻山越岭，如履平地，每次爬山都是急行军，远远地把大队人马甩在身后。喜爱健身，身上的肌肉块隔着衣服毕现无疑，一曲《水边的阿迪丽娜》古典吉他弹奏，尽显铁汉柔情。

热爱生命算是老朋友了，一首《北国之春》唱得荡气回肠，仔细聆听，很多音还是在调上的。无名的《爱拼才会赢》、白云大婶的评剧、马到成功等四人的《三句半》也都给我留下了深刻的印象。

我跟过很多户外群和户外俱乐部，断断续续有六七年的时间了，虽然也算是资深老驴，但还是第一次参加驴友的年会。因为自己的性格过于矜持，总有点不够随和，所以和众驴友总是保持客客气气的关系，不能像乌兰那样打得一片火热，但我心里是深爱着这个群的。

晚会我有两次登台的机会，一次是上台讲了两个段子。因为月光是晚会主持兼总导演，我们是十多年的朋友，我是必须捧场的，她早早就给我报了名，安排了任务。段子确实是搜遍了大脑认真挑选的，公众场合，不能涉黄，不能低俗，又要引人发笑，确实是件难事，拿群主开涮，也是所有户外群的通例。晚会经常走神，第二次上台是领奖，当时正歪头瞄身后那桌的美女，有雨燕、丰溪、美丽、苦咖啡和好风如水，忽听群主宣布颁发“护花使者”奖，并点到了我的名字。虽本性怜香惜玉，但深藏不露，偶尔向群里的美女献殷勤，却也很隐秘，纳闷是谁洞察我的内心并举荐我荣获这个奖项呢，群里有高人啊！晚会后驱车送月光回家，问及此事，遭月光嗔斥：你心花才总想到花，我们推出的是“护群使者”奖，哪来的“护花使者”奖。哎，看来晚会真有点心猿意马了。

“踏遍青山人未老”是一种豪迈，及至耄耋，千山万水走遍，也是一种骄傲。陪伴着绿水青山户外群走过了2014年，也算是交了一份合格的答卷，差不多参加了一半的活动，获得“护群使者”奖项，也算实至名归，如果等我到了黑土大叔这个年龄，还能够跟着这个群在绿水青山之间游走，该是多么美妙的人生经历啊！

2014年2月29日

年

年，在留守儿童渴望的眼中
年，在春运的大军里

年，在精心策划的春晚上
年，在逝去的农耕岁月里

年，在风光旖旎的巴厘岛上
年，在七天的长假里

年，在商场欢乐的音乐中
年，在拥挤的购物人群里

年，在夹道梧桐披挂的彩灯上
年，在祝福的微信里

年，在儿时盼望的新衣上
年，在历久弥深的记忆里

年，在越品越淡的怅惘中
年，不在心里

大年二十八，一家三口观看电影《过年好》有感。

2016年2月6日

愁年

一
白发添几许，岁末多感怀，
春风不解语，梅花兀自开。

二
国殇家有痛，年关思绪哀，
四海同祈愿，金猴降福来。

2016年2月19日

春夜抒怀

一
报国无门不自哀，诗书传家酬壮怀。
无奈小女才学浅，难成社稷栋梁材。

二
位卑忧国空自伤，春花秋月伴夜长。
若得国泰民安日，塞外经年甘牧羊。

曾在齐鲁石化工作的一天津大学校友从澳大利亚回国探亲，师兄弟们为其接风，聚了十四五人，我受邀作陪，觥筹交错，其乐融融。同窗间有春风得意者，有安居乐业者，有愤世嫉俗者，有怀才不遇者，宴后从临淄驱车回张店，感慨万千，成诗两首。

2016年3月17日

春深难眠

心忧家国夜难眠，月移窗前花枝喧，
晓行更觉春深恼，柳棉杨絮飞满天。

2016年4月6日

秋日感怀

一

秋雨无思落叶凉，暑消梦酽夜眠香。
蝉稀遁迹苍天远，雁去留声碧水长。
独客倦拥七舍月，流萤轻点五更窗。
经年混沌为食禄，晓镜空嗟两鬓霜。

二

碧凋红染渐秋声，再叹流年过半程。
向俭讴书居陋室，持勤伏案伴昏灯。
天涯孤旅三山月，云际千帆四海风。
稷下黄花开故地，出淤菡萏举莲蓬。

附刘峰律师和诗：
残荷听雨已秋声，两鬓霜华过半程。
半墙诗书安陋室，一心洞明对昏灯。
孤旅静赏三秋月，披襟直面四海风。
何处黄花又满地，且向菡萏索莲蓬。

2016年9月4日

酒歇向隅吟

生就悲天性，无才入禁楼。
春花秋月好，冬雪夏荫幽。
纵有千般媚，难销万古愁。
释杯歌一曲，痛饮不需休。

2016年12月30日，全所张店、临淄、桓台三地律师同人齐聚桓台宾馆，举行业务论坛及年终总结会，会后照例晚宴，酒酣之时，兴之所至，歌一曲张敏明的《垄上行》，歌毕，隐于一隅，静观欢乐的人群，心里莫名其妙地涌出一丝悲凉的沧桑感，得此诗。

2016年12月30日

正月初二小女自澳洲归

瑞雪新春降，千金自澳归。
拂衣欣作舞，挽袖喜为炊。
无意诵劝酒①，由衷吟采薇②。
春来春易逝，雁去雁飞回。

注：

①《劝酒》唐•于武陵：“劝君金屈卮，满酌不须辞。花发多风雨，人生足别离。”

②《采薇》诗经有句：“昔我往矣，杨柳依依。今我来思，雨雪霏霏。”

2017年2月11日

上元夜吟

上元欢饮罢，冷袖对寒更。
贺岁人车语，庆余锣鼓声。
远关立冬雪，古道度春风。
天上一轮月，山村千盏灯。

2017年2月11日

春夜忆夏军

长思清雅室，四季桂花香。
惊觉斯人去，春寒夜掩窗。

2017年3月30日

注：

夏军，原山东新华制药股份有限公司经理助理兼法纪部部长，热爱生活，喜欢养花，尤擅莳桂，办公室几盆桂花，交替吐芳，四季飘香。于2016年6月26日病逝，时年55岁。

羁旅信阳，于站前广场赏花，梅艳桃芳；忽见几株桂树，虽非花期，犹觉飘香。思及爱花人，故人夏军，已在天堂；相交十余年，悄然离去，扼腕感伤。

酒后

沉醉不知往何处，依稀可辨向南行。
春寒风冽凄清月，肝胆江湖不老情。

2017年3月30日

相约酒肆

相约登酒肆，春意佐佳肴。
雅室临花径，海棠一树娇。

2017年4月1日

附徐霞和诗：
海棠窗外开，诗友应邀来。
也把兰亭叙，茶香更沁怀。

清明忆先公

抱憾先公去，临终半字无。
家微期子贵，纲废望君殊。
心迹常日醒，音容偶夜浮。
清明祭思日，浊酒一杯足。

2017年4月4日

小巷暮春

榆荚结又落，燕剪杏花残。
春好留不住，倏忽絮满天。

2017年4月5日

榆荚无思

榆荚春几树，骚客寄才思。
乡野少风雅，纷纷攀采之。

2017年4月7日

五十感怀

百载如一日，寒窗夜伴灯。
学优难入仕，品善不为丞。
落魄沦独客，扬眉傲众生。
挥鞭催老骥，半百尚需征。

2017年4月9日50岁生日作

延边战辽足

延边保级战，生死胜辽足。
两个穷兄弟，一双羸雁凫。
无金难托大，有志不服输。
升降寻常事，江湖作稽夫。

延边队是我家乡的球队，高中我考上位于延吉市的省重点延边二中读书一个月，后又回到出生地的敦化林业局二中。阔别三十多年，心里一直牵挂着家乡，也牵挂着家乡的足球。长春亚泰虽然也是家乡的球队，但延边是真正的故乡，希望延边保级成功。

2017年9月25日

补记：
2017赛季，延边、辽宁难兄难弟双双由中超降入甲A。

冬日长街

寂寂长街上，独行客意深。
舒阳朔风起，桐叶落纷纷。

2017年11月18日

致长学君

相识近十载，偶见坦胸襟。
积愫淡似水，交情珍若金。
万劫无救主，千古有知音。
皎皎空中月，君之待我心。

尹长学君是我顾问单位山东齐鲁科力化工研究院有限公司的销售经理，晚我一年毕业于华东理工大学，相识日久，交往颇浅，同去太原仲裁委员会开庭，一路相谈甚欢，恰似高山流水。深感长学君之厚爱，受宠若惊，感余而作。

2017年5月16日

秋深夜兴

残梦周身冷，醒来寻被忙。
漆漆云笼月，簌簌雨敲窗。
临室妻痴睡，隔洋女倩妆。
计谋天明事，辗转夜深床。

2017年10月1日

馋女归家

去国方二月，假口探双亲。
辗转万里遥，咀茹千石辛。
焚心念鸡翅，吞液盼鱼唇。
娇语投怀至，携来彼岸春。

女儿每次回国，都惦记各种美食，这次短假回国小住五日，马不停蹄顿顿佳肴美馔，陪吃陪喝，把我都吃胖了。

2017年9月27日

寒夜思兴

宵醒求更漏，鸡鸣侧耳听。
夜寒锦衾冷，月淡绮窗清。
忽忆日间事，顿思怀里经。
裹衣理千绪，独坐望前庭。

2014年10月24日

中秋早起忽忆海生兄

天黝星将尽，云明日欲出。
中秋思寄月，皎皎照君屋。

吾友张海生，睡在我下铺的兄弟，与我同生吉林，大学四年，情同手足，毕业相约来山东，分在烟台手表厂，改革潮涌，企业奄奄不死，其人随波浮沉，终日浊酒买醉，年逾五十，至今未婚。时值中秋，心念之。

2017年10月4日

山大法硕同学十年聚

窗外寒风冽，高堂意正酣。
酒逢知己醉，月照故人圆。
乱语皆情话，胡说尽诤言。
雪泥踏鸿爪，偶遇整十年。

2017年11月25日即席于莱芜棋山温泉小镇

半生述怀

流年五十后，山水渐相知。
多感空山际，常思静夜时。
无心拾落果，有意避高枝。
早晚皆无憾，天堂可作诗。

2017年12月7日

盼雪

昨闻张店雪，晚归踪迹无。
今晨天降霰，唤友夜围炉。

昨天一早因私赴青岛，微信朋友圈皆言张店初雪，及至晚六点高铁返淄，发现地面尚湿，雪迹全无。

2017年12月15日

秋寒夜读

朔风凋万木，陋室渐秋凉。
拥被诵李杜，品茗遨宋唐。
同倾辋川恋，共泣沈园伤。
今夜鄜州月，戚戚照草堂。

2017年10月26日

某君画像

妻女依依可，灵山漫漫寻。
日出歌调调，天雨酒熏熏。
学浅难登殿，志疏不立群。
红尘求苟且，独我最识君。

2017年11月13日

年终友聚

明日将冬至，今宵友聚欢。
酒干未咂味，漏尽不知寒。
共度星月夜，同聊兄弟缘。
持杯话时蹇，执手意阑珊。

2017年12月21日

祈钟

迎新总心悸，顾盼祈钟声。
年尽冬无雪，更深夜有灯。
千山共明月，万里啸长风。
经岁旦复旦，老来不辍耕。

2017年12月31日

后 记

诗文集即将出版，总要发表点感言。首先感谢淄博市的老领导、尊敬的师长关玛琍会长和神交已久的朋友王玲教授在百忙的工作中拨冗为我作序；同时感谢淄博市司法局特别是律师科的领导对我做执业律师以来的厚爱和关怀；还要感谢山东大地人律师事务所现在的和曾经一起工作过的各位同人对我的支持和包容；最后感谢我的顾问单位和所有的当事人，他们是我生存、发展的基础。

我对自己的评价是：优秀工程师、合格律师、蹩脚诗人（这还是第一次斗胆自称诗人）。因为工程师、律师我都有政府颁发的资格证，也完全可以靠工程师、律师职业养家糊口；说自己是诗人，不仅没有诗人证，也不能靠做诗人挣钱吃饭，可能全国靠作诗吃饭的也没几个。喜欢写诗始于上初中时，应该说作诗的历史比较长了，早期都是写现代诗；但说实话，我不会写现代诗，因为写的现代诗人人都能读懂，而作为一个现代诗人，写出的诗应当一般人看不懂。钟情于古诗，是因为古诗除了字不认识，典故不了解，一般是都能读懂的。“白日依山尽，黄河入海流。欲穷千里目，更上一层楼。”“床前明月光，疑是地上霜。举头望明月，低头思故乡。”识字的都懂，于是自己就写古诗。

关于作诗，要感谢两个人：一位是桓台县人民法院的金盟法官，我读山东大学法律硕士时的同学，对我前几年写打油诗持续不断地批评，指责我的诗不合格律；另一位是张店区文苑学校的陈庆连老师，指导我学会了绝句和律诗的格律。

最后，也是最重要的，特别要感谢的是微信朋友圈为我的诗点赞的朋友，都有迹可查，等诗文集出版了，找到他们每人赠送10本。

2020年初秋